瑞蘭國際

瑞蘭國際

最佳日語學習入門

大學生日本語進階

全新修訂版

打造未來競爭力，
就從學日語開始！

余秋菊、張恆如、張暖彗 著／元氣日語編輯小組 總策劃

前言

《大學生日本語進階　全新修訂版》是《大學生日本語初級》的延續教材，也是一本學習目標明確、學習內容簡明易懂的日語學習書。

本書在構思、編寫句型、例文、練習句、會話本文及學習總複習時，除了借重多位老師的豐富教學經驗之外，也重新審視並回應學習者不同的需求。在句型的學習及口語的練習中，提供校園、家庭、交友……等各種不同生活場景，幫助學習者進行日語溝通訓練，讓學習者在學習的過程中，逐步地累積聽、說、讀、寫的各項能力。而「豆知識」單元則提供日本生活的各項訊息，讓學習者不僅在語言的學習上得到完整的訓練，也能在這過程中逐步地掌握日本文化、社會的相關資訊。

《大學生日本語》系列學習書，是教學者在累積長年教學經驗後，以台灣的大學校園為設定背景的學習書。本書的構思是一項新的嘗試，在提供嶄新的日語學習觀點及內容之餘，若有任何欠妥之處，由衷期盼各位先進不吝指導與鞭策，共同為日語教育貢獻心力。

余秋菊

本書是作者群繼《大學生日本語初級》之後，再度攜手合作的進階版日語教學與學習者自學教材。內容承襲了《大學生日本語初級》中，條理分明的重點文型整理與大學校園中發生的實用生活對話。在主要內容之外，搭配了口語練習與測驗實力的習題篇。同時每課之後所介紹的豆知識，也是認識日本文化或時事的最佳捷徑。

全書共有十課，紮實完整的內容已包含了新日語能力檢定N5的範圍，可說是獻給日語初級學習者邁向中級程度的最佳日語學習書。

希望這部再次集諸位執筆者與優秀編輯團隊心血所完成的PART II 日語學習書，能再度受到各界的肯定。最後，本書中若有不完善之處，期盼各位日語教育界的先進不吝指教，再度給予指導與鼓勵。感謝大家。

張恆如

《大學生日本語進階　全新修訂版》的問世，首先要感謝各位前輩，百忙之中集結教學精華。對於願意繼續堅持「日語學習」這條路的同學，除了感到欣慰，也衷心地致上謝意。語言學習其實是一條辛苦的路，不能光靠老師耕耘不怠，最重要的還是各位學子們的熱情相挺，才能在不感到路途遙遠或顛簸的情況下，順利抵達目標。

承接《大學生日本語初級》，本書的重點，也是日語學習的重要關卡──「動詞變化」，將藉由有條不紊的整理，配合實用的情境會話，讓大家可以輕鬆面對以往一直令人聞風喪膽的動詞各類變化。希望透過本書，往後的日語學習之路，就算沒有老師在旁，大家依然能夠通行無阻。

再次謝謝，一直以來愛護這本書的各位，也希望各位能夠繼續給我們建議與支持。

張暖彗

本書は、今までにない日本語入門テキストとして好評を博した『大学生日本語初級』の二冊目として、誕生しました。一冊目で基礎を固めた学習者のみなさまに、さらなるレベルアップを図っていただけるものとなっています。

毎日、教壇で日本を教えている経験豊富な教師たちが、改善に改善を重ねて作り上げた教科書です。言語の機能や文型、文法がバランスよく身につくよう構成され、生活場面の会話もふんだんに盛り込まれていますので、楽しく学習していただけることと思います。いわば、教師にとっても学生にとっても、使いやすく分かりやすい、効率的な教材といえます。

なお、この本を作成するにあたり、余秋菊先生、張恆如先生、張暖彗先生には貴重な時間を割いていただき、ご執筆またはご指導いただきました。ここに改めて謝意を表します。

こんどうともこ

如何使用本書

《大學生日本語進階　全新修訂版》一書包含語彙、文型、會話、習題與延伸閱讀，是全方位的日語學習教材，不須另外添購副教材，即可同時訓練聽、說、讀、寫四大語言能力。各課取材內容著重生活化、實用性，避免枯燥刻板，使讀者樂於親近、學習。

六階段循序漸進學習

本書共有十課，每課皆以六階段循序漸進學習，搭配MP3音檔反覆聆聽練習，奠定日語基礎實力。

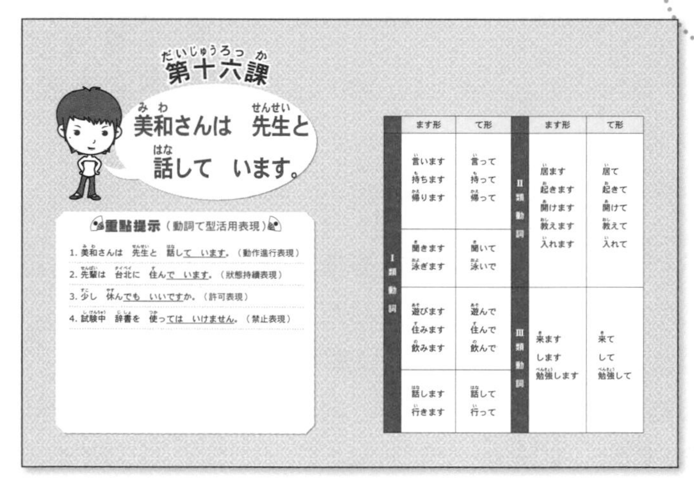

第十六課

美和さんは　先生と　話して　います。

重點提示（動詞て型活用表現）

1. 美和さんは　先生と　話して　います。（動作進行表現）
2. 先輩は　台北に　住んで　います。（狀態持續表現）
3. 少し　休んでも　いいですか。（許可表現）
4. 試験中　辞書を　使っては　いけません。（禁止表現）

	ます形	て形
I類動詞	言います 持ちます 帰ります	言って 持って 帰って
	聞きます 泳ぎます	聞いて 泳いで
	遊びます 住みます 飲みます	遊んで 住んで 飲んで
	話します 行きます	話して 行って

	ます形	て形
II類動詞	居ます 起きます 開けます 教えます 入れます	居て 起きて 開けて 教えて 入れて
III類動詞	来ます します 勉強します	来て して 勉強して

Step1 確立學習目標

標示每課必學重點句型及重要觀念，在進入正式課程前，即能清楚掌握各課學習要點；課程結束後，也能作為每課複習重點。第十六課開始進入「動詞活用變化」課程，除了在各句型後標註表現內容，更以表格提示各類動詞變化方式，深入淺出易於理解與學習。

Step2 文型、文型練習

左頁先運用例句，熟悉課程基礎文型。右頁集結3～4句為一短文會話的範例，讓學習者了解句型在日常會話中的活用場景，學習最實用的日語。

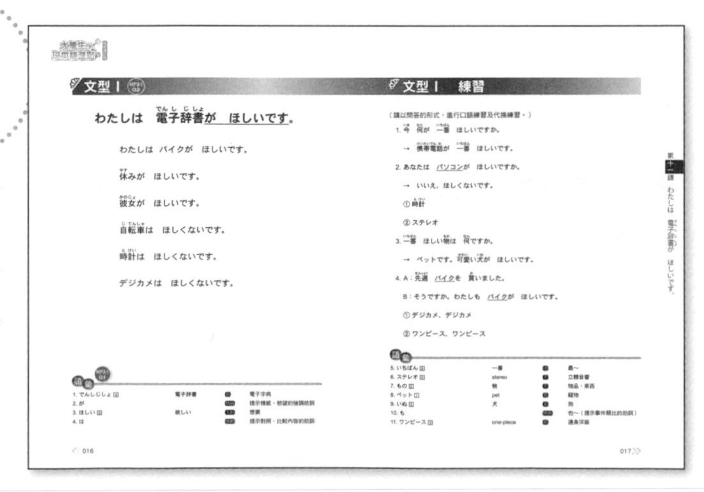

文型 I

わたしは　電子辞書が　ほしいです。

わたしは　バイクが　ほしいです。

休みが　ほしいです。

彼女が　ほしいです。

自転車は　ほしくないです。

時計は　ほしくないです。

デジカメは　ほしくないです。

文型 I　練習

（請以問答的形式，進行口語練習及代換練習。）

1. 今　何が　一番　ほしいですか。
　→ 携帯電話が　一番　ほしいです。
2. あなたは　パソコンが　ほしいですか。
　→ いいえ、ほしくないです。
　① 時計
　② ステレオ
3. 一番　ほしい物は　何ですか。
　→ ペットです。可愛い犬が　ほしいです。
4. A：先週　バイクを　買いました。
　B：そうですか。わたしも　バイクが　ほしいです。
　① デジカメ、デジカメ
　② ワンピース、ワンピース

016　017

Step3 語彙

每課約有50個語彙，學習最實用的單字。每個語彙先列出假名並標示重音，次列出漢字或外來語源，最後列出中文說明，是最適合日語學習者的學習方式。

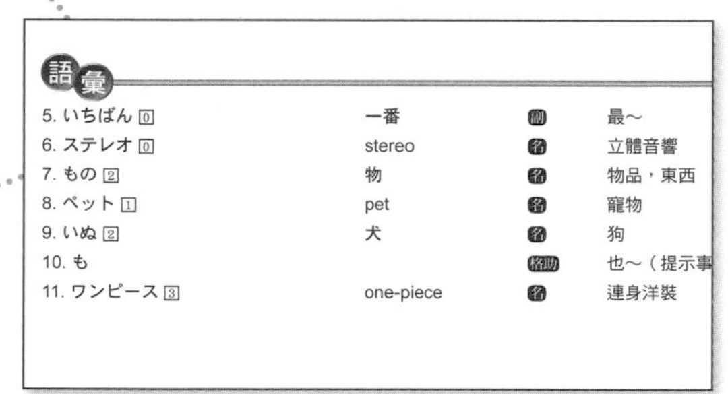
語彙

5. いちばん 0	一番	副	最～
6. ステレオ 0	stereo	名	立體音響
7. もの 2	物	名	物品，東西
8. ペット 1	pet	名	寵物
9. いぬ 2	犬	名	狗
10. も		格助	也～（提示事
11. ワンピース 3	one-piece	名	連身洋裝

MP3音檔序號，發音語調標準，學習最正確的日文。

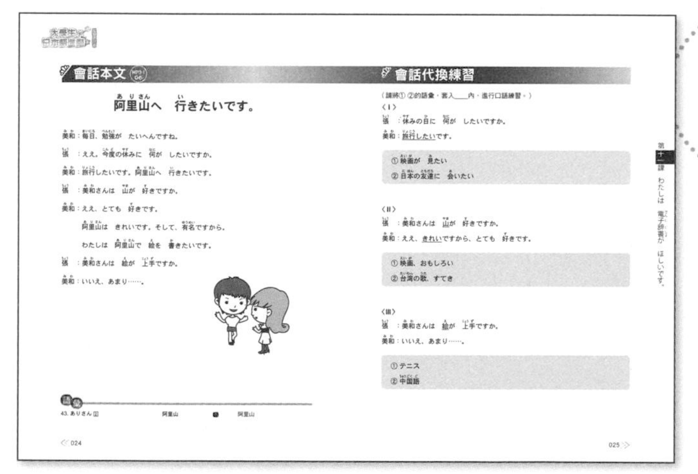
會話本文

阿里山へ　行きたいです。

美和：毎日、勉強が　たいへんですね。
張　：ええ。今度の休みに　何が　したいですか。
美和：旅行したいです。阿里山へ　行きたいです。
張　：美和さんは　山が　好きですか。
美和：ええ、とても　好きです。
阿里山は　きれいです。そして、有名ですから。
わたしは　阿里山で　絵を　書きたいです。
張　：美和さんは　絵が　上手ですか。
美和：いいえ、あまり……。

語彙
43. ありさん 1　阿里山　名　阿里山

024

會話代換練習

（請將① ②的語彙，套入____內，進行口語練習。）

〈I〉
張　：休みの日に　何が　したいですか。
美和：旅行したいです。

① 映画が　見たい
② 日本の友達に　会いたい

〈II〉
張　：美和さんは　山が　好きですか。
美和：ええ、きれいですから、とても　好きです。

① 映画、おもしろい
② 台湾の歌、すてき

〈III〉
張　：美和さんは　絵が　上手ですか。
美和：いいえ、あまり……。

① テニス
② 中国語

第十二課　わたしは　電子辞書が　ほしいです。

025

Step4 會話、會話代換練習

依課程學習主軸，設定對話場景，應用所學句型，套用至實境。運用所學語彙代換會話關鍵字，反覆交叉練習，使用日語交談一點也不難。

Step5 學習總複習

幫助融會貫通課程內容，了解自我學習成效，迅速精進日語整體能力。

學習總複習　→解答P.194

1. 聽寫練習
（請依照MP3播放的內容，寫出正確的答案。）
①
②
③
④
⑤

2. 造句
（請依照例文加入適當的助詞，完成「ほしい」的句型。）
例：ペット / ほしい　→　ペットが　ほしいです。
① デジカメ / ほしい
② 時計 / ほしい
③ 友達 / ほしい
④ 何 / ほしくない

026

Step6 豆知識

依課程中出現的語彙或會話內容，延伸出相關的日本文化、社會、現況……等介紹。了解日本，為學習加分。

豆知識

招き猫が大好き

最愛招財貓

如果想祈求發財，「財神爺」應是不二選擇。而日本，也有一位名揚國際的財神爺，那就是「招き猫（招財貓）」！

從江戶時代末期開始，「招き猫」就和「達磨（不倒翁）」、「福助（福助，穿傳統和服、結髮髻、正座的男生人偶）」，並列為日本獨特的「縁起物（吉祥物）」。早期因為貓可以趕走鼠害，所以深得人心，隨著時代變遷，漸漸演變成能夠帶來「商売繁盛（生意興隆）」的象徵，因此在商店收銀台前面時常可見！

「招き猫」的招牌造型主要有二，即「舉右手招財，舉左手攬客」。也許大家會想，雙手都舉的話，不就人財兩得了嗎？很可惜，俗話說物極必反，當貓高舉兩手時，正好應了日語「お手上げ万歳」這句話，也就是雙手空空，一毛不剩的意思。

至於「招き猫」的品種，傳統都以「三毛猫（三色貓）」白、咖啡、黑三混色居多，但近來色彩繽紛，各有不同的守護功能。例如：「学業向上（學業進步）」或「交通安全（交通安全）」是藍色，代表「恋愛成就（戀愛如願以償）」是粉紅色。而黑色的有「厄払い（消災）」的作用，紅色的則可「病除け（卻病）」。

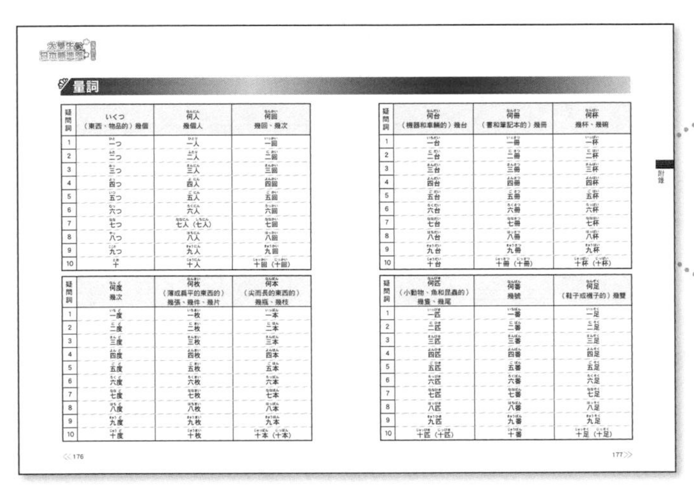

量詞

疑問詞	いくつ（東西、物品的）幾個	何人 幾個人	何回 幾回、幾次
1	一つ	一人	一回
2	二つ	二人	二回
3	三つ	三人	三回
4	四つ	四人	四回
5	五つ	五人	五回
6	六つ	六人	六回
7	七つ	七人（七人）	七回
8	八つ	八人	八回
9	九つ	九人	九回
10	十	十人	十回（十回）

疑問詞	何度 幾次	何枚（薄或扁平的東西的）幾張、幾件、幾片	何本（尖而長的東西的）幾瓶、幾枝
1	一度	一枚	一本
2	二度	二枚	二本
3	三度	三枚	三本
4	四度	四枚	四本
5	五度	五枚	五本
6	六度	六枚	六本
7	七度	七枚	七本
8	八度	八枚	八本
9	九度	九枚	九本
10	十度	十枚	十本（十本）

疑問詞	何台（機器和車輛的）幾台	何冊（書和筆記本的）幾冊	何杯 幾杯、幾碗
1	一台	一冊	一杯
2	二台	二冊	二杯
3	三台	三冊	三杯
4	四台	四冊	四杯
5	五台	五冊	五杯
6	六台	六冊	六杯
7	七台	七冊	七杯
8	八台	八冊	八杯
9	九台	九冊	九杯
10	十台	十冊（十冊）	十杯（十杯）

疑問詞	何匹（小動物、魚和昆蟲的）幾隻、幾尾	何番 幾號	何足（鞋子或襪子的）幾雙
1	一匹	一番	一足
2	二匹	二番	二足
3	三匹	三番	三足
4	四匹	四番	四足
5	五匹	五番	五足
6	六匹	六番	六足
7	七匹	七番	七足
8	八匹	八番	八足
9	九匹	九番	九足
10	十匹（十匹）	十番	十足（十足）

176 177

附錄

配合各課需要，附錄包含量詞、時間相關用語、餐飲美食、商店機關、各式飲料、動詞活用表等，可當作學習補充與參考。

分課解答、重點提示、會話中文翻譯

收錄各課學習總複習解答與重點文型與會話中譯，最適合教學現場參考與學生自修。

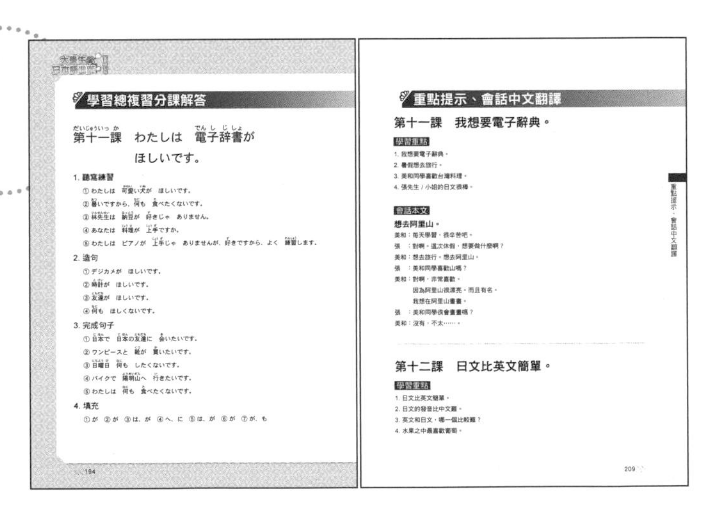

學習總複習分課解答

第十一課　わたしは　電子辞書が　ほしいです。

1. 聽寫練習
① わたしは　可愛い犬が　ほしいです。
② 暑いですから、何も　食べたくないです。
③ 林先生は　納豆が　好きじゃ　ありません。
④ あなたは　料理が　上手ですか。
⑤ わたしは　ピアノが　上手じゃ　ありませんが、好きですから、よく　練習します。

2. 造句
① デジカメが　ほしいです。
② 時計が　ほしいです。
③ 友達が　ほしいです。
④ 何も　ほしくないです。

3. 完成句子
① 日本で　日本の友達に　会いたいです。
② ワンピースと　靴が　買いたいです。
③ 日曜日　何も　したくないです。
④ バイクで　陽明山へ　行きたいです。
⑤ わたしは　何も　食べたくないです。

4. 填充
①が　②が　③は、が　④へ、に　⑤は、が　⑥が　⑦が、も

194

重點提示、會話中文翻譯

第十一課　我想要電子辭典。

學習重點
1. 我想要電子辭典。
2. 暑假想去旅行。
3. 美和同學喜歡台灣料理。
4. 張先生／小姐的日文很棒。

會話本文
想去阿里山。
美和：每天學習，很辛苦吧。
張　：對啊。這次休假，想要做什麼啊？
美和：想去旅行。想去阿里山。
張　：美和同學喜歡山嗎？
美和：對啊，非常喜歡。
因為阿里山很漂亮。而且有名。
我想在阿里山畫畫。
張　：美和同學很會畫畫嗎？
美和：沒有，不太……。

第十二課　日文比英文簡單。

學習重點
1. 日文比英文簡單。
2. 日文的發音比中文難。
3. 英文和日文，哪一個比較難？
4. 水果之中最喜歡葡萄。

209

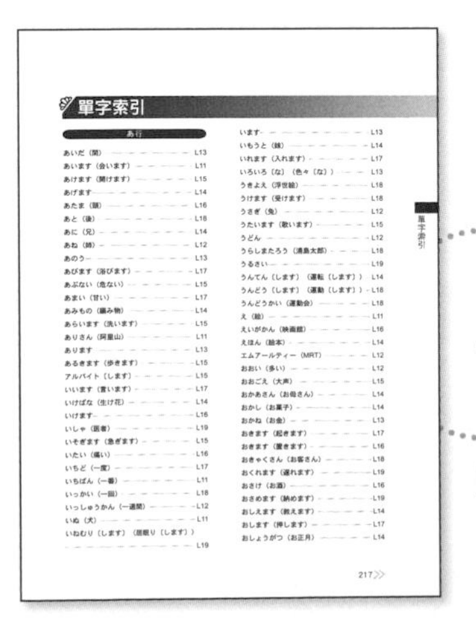

單字索引

217

單字索引

將本書出現單字按五十音序排列，便於讀者檢索參照。

本書語彙詞性略語說明

名	名詞
動	動詞
イ形	イ形容詞（或稱「形容詞」）
ナ形	ナ形容詞（或稱「形容動詞」）
代	代名詞
疑代	疑問代名詞
助	助詞
格助	格助詞
副助	副助詞
接助	接續助詞
終助	終助詞
連體	連體詞
接尾	接尾詞
副	副詞
接續	接續詞
感嘆	感嘆詞

第十六課開始進入「動詞活用變化」課程，特於各動詞加註載明動詞類別，以便讀者學習與應用。

I	第一類動詞（或稱五段動詞）
II	第二類動詞（或稱上一段・下一段動詞）
III	第三類動詞（或稱サ變・カ變動詞）

目錄

第十三課（だいじゅうさんか）　龍山寺（りゅうざんじ）は　台北（タイペイ）に　あります。

047

文型Ⅰ：龍山寺（りゅうざんじ）は　台北（タイペイ）に　あります。

先生（せんせい）は　教室（きょうしつ）に　います。

文型Ⅱ：台北（タイペイ）に　龍山寺（りゅうざんじ）が　あります。

教室（きょうしつ）に　先生（せんせい）が　います。

文型Ⅲ：部屋（へや）に　テレビや　パソコン（など）が　あります。

本屋（ほんや）に　王（おう）さんや　高野（たかの）さん（たち）が　います

文型Ⅳ：庭（にわ）に　犬（いぬ）が　五匹（ごひき）　います。

會　話：テレビを　一台（いちだい）　買（か）いました。

學習總複習

第十四課（だいじゅうよんか）　わたしは　阿部（あべ）さんに　和菓子（わがし）を　もらいました。

063

文型Ⅰ：わたしは　阿部（あべ）さんに　ＣＤ（シーディー）を　あげました。

わたしは　阿部（あべ）さんに／から　和菓子（わがし）を　もらいました。

文型Ⅱ：美和（みわ）さんは　先輩（せんぱい）に　傘（かさ）を　貸（か）しました。

先輩（せんぱい）は　美和（みわ）さんに／から　傘（かさ）を　借（か）りました。

文型Ⅲ：わたしは　美和（みわ）さんに　台湾語（たいわんご）を　教（おし）えます。

美和（みわ）さんは　張（ちょう）さんに／から　台湾語（たいわんご）を　習（なら）います。

文型Ⅳ：母（はは）は　わたしに　小遣（こづか）いを　くれました。

會　話：誕生日（たんじょうび）のプレゼントです。

學習總複習

大學生
日本語進階

本書會話登場人物

げんき だいがく　がくせい
元気大学の学生

おうたいせい　おとこ
王台生（男）

だいがくせい
大学生

いちねんせい
一年生

ちょうぶんけい　おんな
張文恵（女）

だいがくせい
大学生

よ ねんせい
四年生

へいせいだいがく
平成大学の

たかのみわ　おんな
高野美和（女）

こうかんりゅうがくせい
交換留学生

に ねんせい
二年生

こうかんりゅうがくせい
交換留学生

あ べ つとむ おとこ
阿部勉（男）

こうかんりゅうがくせい
交換留学生

さんねんせい
三年生

げん き だいがく きょう し
元気大学の教師

たにぐちせんせい おとこ
谷口先生（男）

に ほんじん
日本人

りんせんせい おんな
林先生（女）

たいわんじん
台湾人

日語語調（アクセント）說明

本教材以東京標準音為主。採用在字彙後標記阿拉伯數字的數字標式法。□中的數字為重音核。

學習要點

- 日語的重音並非強弱音，而是各音節的相對高低音。所以日語的重音是以語調的高低來區分，因此也有人將「アクセント」的中文意思翻譯成「語調」。
- 日語一假名一音節（其他如拗音、促音、長音也是一音節）。日語語彙中，第一音節與第二音節的重音一定不同。
- 重音可分為平板型（無重音核）及起伏型（有重音核）。

① 平板型 0：第一音節略發低音，第二音節以後發高音。

すいか 0　　ほし 0

② 起伏型：

頭高型：第一音節發高音，第二音節以後發低音。

ねこ 1　　はは 1

中高型：第一音節略發低音，第二音節至重音核發高音，依標示的重音核之後再降低音。

せんせい 3　　おかあさん 2

尾高型：第一音節略發低音，第二音節以後發高音。依照音節長短標示的數字，會有所不同。

くつ 2　　あたま 3

- 重音核的標示n≧2時，標記n的字彙從第二音節到第n音節唸高音，第一音節及n＋1音節以下唸低音。
- 日語中有些假名相同的單字，重音不同意思也不同。例：

あめ 1：雨 あめ 0：糖果	もも 0：桃子 もも 1：大腿	はな 0：鼻子 はな 2：花

- 平板型與尾高型之差異：重音為平板型的字彙後面接助詞時，之後的助詞持續發高音，而尾高型的字彙後面所接的助詞則要發低音。

第十一課(だいじゅういっか)

わたしは電子辞書(でんしじしょ)がほしいです。

重點提示（慾望、情感表現）

1. わたしは　電子辞書(でんしじしょ)が　ほしいです。
2. 夏休(なつやす)みに　旅行(りょこう)が　したいです。
3. 美和(みわ)さんは　台湾料理(たいわんりょうり)が　好(す)きです。
4. 張(ちょう)さんは　日本語(にほんご)が　上手(じょうず)です。

文型 I MP3-1 02

わたしは　電子辞書（でんしじしょ）が　ほしいです。

わたしは　バイクが　ほしいです。

休（やす）みが　ほしいです。

彼女（かのじょ）が　ほしいです。

自転車（じてんしゃ）は　ほしくないです。

時計（とけい）は　ほしくないです。

デジカメは　ほしくないです。

1. でんしじしょ 4	電子辞書	名	電子字典
2. が		格助	提示情感、慾望的強調助詞
3. ほしい 2	欲しい	イ形	想要
4. は		格助	提示對照、比較內容的助詞

文型 I　練習

（請以問答的形式，進行口語練習及代換練習。）

1. 今　何が　一番　ほしいですか。

　→　携帯電話が　一番　ほしいです。

2. あなたは　パソコンが　ほしいですか。

　→　いいえ、ほしくないです。

　① 時計

　② ステレオ

3. 一番　ほしい物は　何ですか。

　→　ペットです。可愛い犬が　ほしいです。

4. A：先週　バイクを　買いました。

　B：そうですか。わたしも　バイクが　ほしいです。

　① デジカメ、デジカメ

　② ワンピース、ワンピース

語彙

5. いちばん 0	一番	副	最～
6. ステレオ 0	stereo	名	立體音響
7. もの 2	物	名	物品，東西
8. ペット 1	pet	名	寵物
9. いぬ 2	犬	名	狗
10. も		格助	也～（提示事件類比的助詞）
11. ワンピース 3	one-piece	名	連身洋裝

文型 II MP3-1 03

夏休(なつやす)みに　旅行(りょこう)が　したいです。
（旅行(りょこう)を　したいです）

わたしは　自動車(じどうしゃ)が　買(か)いたいです。

日曜日(にちようび)（に）　彼女(かのじょ)に　会(あ)いたいです。

今晩(こんばん)　彼女(かのじょ)と　映画(えいが)が　見(み)たいです。

ラーメンは　食(た)べたくないです。

アルバイトは　したくないです。

寒(さむ)いですから、何(なに)も　したくないです。

12. りょこう〔します〕0	旅行〔します〕	名 動	旅行
13. ～たい		助動	想做～
14. に		格助	提示對象的助詞
15. あいます 3	会います	動	碰面，見面

文型 II　練習

（請以問答的形式進行口語練習及代換練習。）

1. お昼(ひる)に　何(なに)が　食(た)べたいですか。

   →　カレーライスが　食(た)べたいです。

2. A：何(なに)か　飲(の)みたいですね。

   B：そうですね。わたしは　コーヒーが　飲(の)みたいです。

   A：わたしは　冷(つめ)たいジュースが　ほしいです。

   ① お茶(ちゃ)、ビール

   ② ミルクティー、お水(みず)

3. A：四月(しがつ)に　日本(にほん)へ　行(い)きたいです。

   B：日本(にほん)で　何(なに)が　したいですか。

   A：お花見(はなみ)が　したいです。

4. A：コンピューターを　使(つか)いたいです。いいですか。

   B：ええ、どうぞ。

   ① 電話(でんわ)

   ② 会議室(かいぎしつ)

語彙

16. おひる [2]	お昼	名	午餐
17. カレーライス [4]	curry and rice	名	咖哩飯
18. なにか [1]	何か	代	什麼，某事物
19. ミルクティー [4]	milk tea	名	奶茶
20. おみず [0]	お水	名	水
21. つかいます [4]	使います	動	使用

文型III MP3-1 04

美和（みわ）さんは　台湾料理（たいわんりょうり）が　好（す）きです。

わたしは　日本（にほん）の歌（うた）が　好（す）きです。

わたしは　すき焼（や）きが　好（す）きです。

わたしは　カラオケが　嫌（きら）いです。

彼女（かのじょ）は　スポーツが　嫌（きら）いです。

わたしは　刺身（さしみ）が　好（す）きじゃ　ありません。

わたしは　納豆（なっとう）が　嫌（きら）いじゃ　ありません。

語彙

22. すき〔な〕2	好き〔な〕	名 ナ形	喜歡（的），愛好（的）
23. すきやき 0	すき焼き	名	壽喜燒（日式牛肉火鍋）
24. きらい〔な〕0	嫌い〔な〕	名 ナ形	討厭（的），不喜歡（的）
25. スポーツ〔します〕2	sports〔します〕	名 動	運動

文型III　練習

（請以問答的形式進行口語練習及代換練習。）

1. あなたは　日本料理が　好きですか。
   → はい、とても　好きです。
2. A：あなたは　何が　嫌いですか。
   B：玉ねぎが　嫌いです。
   A：わたしも　子供の時は　嫌いでしたが、今は　好きです。
   ① にんじん
   ② ドリアン
3. A：可愛い犬ですね。
   B：えっ、可愛いですか。
   A：動物が　嫌いですか。
   B：ええ、あまり　好きじゃ　ありません。
4. どんな　格好が　好きですか。
   → ワンピースが　好きです。
   ① ジーンズ
   ② スカート

語彙

26. たまねぎ [3]	玉ねぎ	名	洋蔥
27. こども [0]	子供	名	小孩子
28. とき [2]	時	名	時候，時期
29. ドリアン [1]	durian	名	榴槤
30. どうぶつ [0]	動物	名	動物
31. かっこう [0]	格好	名	打扮
32. ジーンズ [1]	jeans	名	牛仔褲
33. スカート [2]	skirt	名	裙子

文型IV MP3-1 05

張（ちょう）さんは　日本語（にほんご）が　上手（じょうず）です。

母（はは）は　料理（りょうり）が　上手（じょうず）です。

先輩（せんぱい）は　テニスが　上手（じょうず）です。

弟（おとうと）は　字（じ）が　下手（へた）です。

わたしは　絵（え）が　下手（へた）です。

わたしは　英語（えいご）が　上手（じょうず）じゃ　ありません。

美和（みわ）さんは　歌（うた）が　下手（へた）じゃ　ありません。

語彙

34. はは 1	母	名	家母
35. じょうず〔な〕 3	上手〔な〕	名 ナ形	高明（的），棒（的）
36. へた〔な〕 2	下手〔な〕	名 ナ形	笨拙（的），不擅長（的）
37. じ 1	字	名	字，字跡
38. え 1	絵	名	圖畫

文型IV　練習

（請以問答的形式進行口語練習及代換練習。）

1. あなたは　水泳が　上手ですか。

　→　まあまあです。

2. A：娘は　ピアノが　上手です。

　B：そうですか。聞きたいですね。

　① 絵、見たい

　② 料理、食べたい

3. 美和さんは　字が　上手ですか。

　→　いいえ、あまり　上手じゃ　ありません。下手です。

4. A：あなたは　日本語が　上手ですか。

　B：上手じゃ　ありませんが、好きですから、よく　練習します。

　① ギター

　② 歌

39. すいえい〔します〕0	水泳〔します〕	名 動	游泳
40. まあまあ 3		副	還好，尚可
41. むすめ 3	娘	名	女兒
42. ピアノ 0	piano	名	鋼琴

會話本文 MP3-1 06

阿里山(ありさん)へ　行(い)きたいです。

美和(みわ)：毎日(まいにち)、勉強(べんきょう)が　たいへんですね。

張(ちょう)　：ええ。今度(こんど)の休(やす)みに　何(なに)が　したいですか。

美和(みわ)：旅行(りょこう)したいです。阿里山(ありさん)へ　行(い)きたいです。

張(ちょう)　：美和(みわ)さんは　山(やま)が　好(す)きですか。

美和(みわ)：ええ、とても　好(す)きです。

阿里山(ありさん)は　きれいです。そして、有名(ゆうめい)ですから。

わたしは　阿里山(ありさん)で　絵(え)を　書(か)きたいです。

張(ちょう)　：美和(みわ)さんは　絵(え)が　上手(じょうず)ですか。

美和(みわ)：いいえ、あまり……。

語彙

43. ありさん [2]　阿里山　名　阿里山

會話代換練習

（請將① ②的語彙，套入____內，進行口語練習。）

〈I〉

張　：休みの日に　何が　したいですか。

美和：旅行したいです。

① 映画が　見たい

② 日本の友達に　会いたい

〈II〉

張　：美和さんは　山が　好きですか。

美和：ええ、きれいですから、とても　好きです。

① 映画、おもしろい

② 台湾の歌、すてき

〈III〉

張　：美和さんは　絵が　上手ですか。

美和：いいえ、あまり……。

① テニス

② 中国語

學習總複習 MP3-1 07 →解答P.194

1. 聽寫練習

（請依照MP3播放的內容，寫出正確的答案。）

① ______________________________

② ______________________________

③ ______________________________

④ ______________________________

⑤ ______________________________

2. 造句

（請依照例文加入適當的助詞，完成「ほしい」的句型。）

例：ペット / ほしい　→　ペットが　ほしいです。

① デジカメ / ほしい

____

② 時計（とけい） / ほしい

____

③ 友達（ともだち） / ほしい

____

④ 何（なに） / ほしくない

____

3. 完成句子

（請依照例文完成「～たい」的句型。）

例：日本 / 行きます　→　日本へ　行きたいです。

① 日本 / 日本の友達 / 会います

→＿＿＿＿＿＿＿＿＿＿＿＿＿＿＿＿＿＿＿＿＿＿＿＿＿＿＿＿＿＿＿＿

② ワンピース / 靴 / 買います

→＿＿＿＿＿＿＿＿＿＿＿＿＿＿＿＿＿＿＿＿＿＿＿＿＿＿＿＿＿＿＿＿

③ 日曜日 / 何 / しません

→＿＿＿＿＿＿＿＿＿＿＿＿＿＿＿＿＿＿＿＿＿＿＿＿＿＿＿＿＿＿＿＿

④ バイク / 陽明山 / 行きます

→＿＿＿＿＿＿＿＿＿＿＿＿＿＿＿＿＿＿＿＿＿＿＿＿＿＿＿＿＿＿＿＿

⑤ わたし / 何 / 食べません

→＿＿＿＿＿＿＿＿＿＿＿＿＿＿＿＿＿＿＿＿＿＿＿＿＿＿＿＿＿＿＿＿

4. 填充

（請於（　）中填入適當的助詞。）

例：王さん（　は　）　すき焼き（　が　）　好きです。

① 可愛いペット（　　　）　ほしいです。

② どんな　日本料理（　　　）　一番　好きですか。

③ 林先生（　　　）　ピアノ（　　　）　とても　上手です。

④ 日本（　　　　）　お花見（　　　　）　行きたいです。

⑤ わたし（　　　　）　電子辞書（　　　　）　ほしいです。

⑥ 彼は　字（　　　　）　下手でしたが、今は　とても　上手です。

⑦ A：何（　　　　）　ほしいですか。

B：何（　　　　）　ほしくないです。

5. 改錯

（請將正確的句子寫於劃線處。）

例：王さんは　野菜を　好きです。　→　王さんは　野菜が　好きです。

① 何が　食べたくないです。

→＿＿＿＿＿＿＿＿＿＿＿＿＿＿＿＿＿＿＿＿

② わたしは　ドリアンを　あまり　好きです。

→＿＿＿＿＿＿＿＿＿＿＿＿＿＿＿＿＿＿＿＿

③ 一番　ほしいな物は　何ですか。

→＿＿＿＿＿＿＿＿＿＿＿＿＿＿＿＿＿＿＿＿

④ 納豆を　とても　嫌いです。

→＿＿＿＿＿＿＿＿＿＿＿＿＿＿＿＿＿＿＿＿

⑤ 冷たいなお茶が　飲みたいですね。

→＿＿＿＿＿＿＿＿＿＿＿＿＿＿＿＿＿＿＿＿

⑥ 谷口先生は　歌を　下手です。

→______________________________

⑦ わたしは　安いジーンズが　買いほしいです。

→______________________________

6. 翻譯練習

（請將下列日文句翻譯成中文句，或將中文句翻譯成日文句）

例1：王さんは　カレーライスが　好きです。　→　王先生喜歡咖哩飯。

例2：我想要喝奶茶。　→　わたしは　ミルクティーが　飲みたいです。

① 電子辞書が　使いたいです。

→______________________________

② 今　何が　一番　ほしいですか。

→______________________________

③ 美和小姐不太喜歡音樂。

→______________________________

④ 今晚想看電影。

→______________________________

⑤ 你喜歡怎樣的運動呢？

→______________________________

豆知識

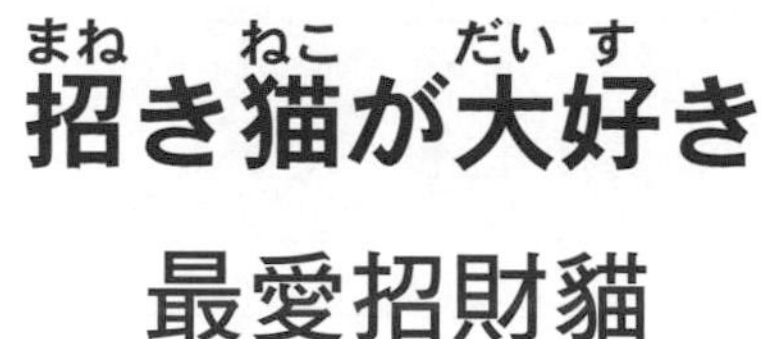

招き猫が大好き

最愛招財貓

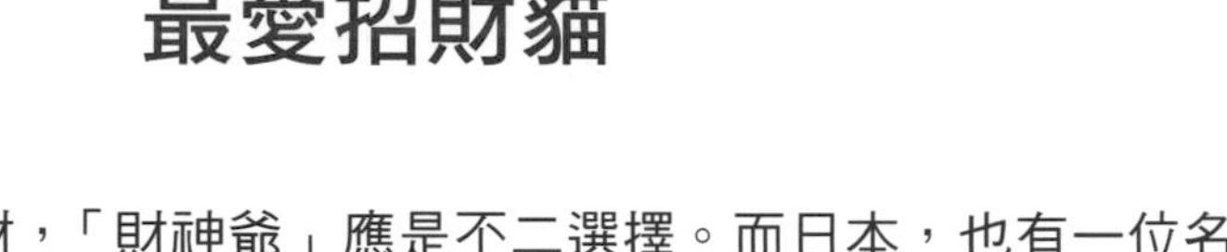

如果想祈求發財，「財神爺」應是不二選擇。而日本，也有一位名揚國際的財神爺，那就是「招き猫（招財貓）」！

從江戶時代末期開始，「招き猫」就和「達磨（不倒翁）」、「福助（福助，穿傳統和服、結髮髻、正座的男生人偶）」，並列為日本獨特的「縁起物（吉祥物）」。早期因為貓可以趕走鼠害，所以深得人心，隨著時代變遷，漸漸演變成能夠帶來「商売繁盛（生意興隆）」的象徵，因此在商店收銀台前面時常可見！

「招き猫」的招牌造型主要有二，即「舉右手招財，舉左手攬客」。也許大家會想，雙手都舉的話，不就人財兩得了嗎？很可惜，俗話說物極必反，當貓高舉兩手時，正好應了日語「お手上げ万歳」這句話，也就是雙手空空，一毛不剩的意思。

至於「招き猫」的品種，傳統都以「三毛猫（三色貓）」白、咖啡、黑三混色居多，但近來色彩繽紛，各有不同的守護功能。例如：「学業向上（學業進步）」或「交通安全（交通安全）」是藍色，代表「恋愛成就（戀愛如願以償）」是粉紅色。而黑色的有「厄払い（消災）」的作用，紅色的則可「病除け（卻病）」。

第十二課（だいじゅうにか）

日本語（にほんご）は　英語（えいご）より　易（やさ）しいです。

重點提示（比較表現）

1. 日本語（にほんご）は　英語（えいご）より　易（やさ）しいです。
2. 日本語（にほんご）は　中国語（ちゅうごくご）より　発音（はつおん）が　難（むずか）しいです。
3. 英語（えいご）と　日本語（にほんご）と　どちらが　難（むずか）しいですか。
4. 果物（くだもの）（の中（なか））で　ぶどうが　一番（いちばん）　好（す）きです。

文型 I MP3-1 09

日本語(にほんご)は　英語(えいご)より　易(やさ)しいです。

玉山(ぎょくさん)は　富士山(ふじさん)より　高(たか)いです。

アメリカは　日本(にほん)より　大(おお)きいです。

電車(でんしゃ)は　バスより　速(はや)いです。

タイ料理(りょうり)は　韓国料理(かんこくりょうり)より　辛(から)いです。

ラーメンは　うどんより　おいしいです。

野球(やきゅう)は　テニスより　おもしろいです。

1. より		格助	比～（提示比較基準的助詞）
2. ぎょくさん 2	玉山	名	玉山
3. タイりょうり 3	タイ料理	名	泰國菜
4. かんこくりょうり 5	韓国料理	名	韓國菜
5. からい 2	辛い	イ形	辣的，鹹的
6. うどん 0		名	烏龍麵
7. やきゅう〔します〕0	野球〔します〕	名 動	棒球，打棒球

文型 I　練習

（請以問答的形式，進行口語練習及代換練習。）

1. バイクは　自転車(じてんしゃ)より　便利(べんり)ですか。

　→　はい、バイクは　自転車(じてんしゃ)より　便利(べんり)です。

2. 船便(ふなびん)は　航空便(こうくうびん)より　安(やす)いですね。

　→　そうですね。でも、航空便(こうくうびん)は　船便(ふなびん)より　速(はや)いですよ。

3. A：東京(とうきょう)は　台北(タイペイ)より　大(おお)きいですか。

　B：はい、東京(とうきょう)は　台北(タイペイ)より　ずっと　大(おお)きいです。

　A：じゃ、人口(じんこう)は　どうですか。

　B：人口(じんこう)も　ずっと　多(おお)いですよ。

4. A：犬(いぬ)は　猫(ねこ)より　可愛(かわい)いですか。

　B：そうですね。私(わたし)は　犬(いぬ)が　好(す)きですから、猫(ねこ)より　可愛(かわい)いですよ。

　① 鳥(とり)、鳥(とり)

　② 兔(うさぎ)、兔(うさぎ)

語彙

8. ふなびん [0]	船便	名	海運
9. こうくうびん [0]	航空便	名	空運
10. でも [1]		接助	可是，不過（接於句子的開頭）
11. とうきょう [0]	東京	名	東京
12. ずっと [0]		副	～得多，～得高（表示程度差距很大）
13. じんこう [0]	人口	名	人口
14. おおい [1] [2]	多い	イ形	很多
15. ねこ [1]	猫	名	貓
16. とり [0]	鳥	名	鳥，鳥類
17. うさぎ [0]	兔	名	兔子

文型 II （MP3-1 10）

日本語（にほんご）<u>は</u>　中国語（ちゅうごくご）<u>より</u>　発音（はつおん）<u>が</u>　難（むずか）しいです。

東京（とうきょう）は　台北（タイペイ）より　人口（じんこう）が　多（おお）いです。

わたしは　姉（あね）より　背（せ）が　高（たか）いです。

中国（ちゅうごく）は　日本（にほん）より　歴史（れきし）が　古（ふる）いです。

美和（みわ）さんは　張（ちょう）さんより　髪（かみ）が　長（なが）いです。

携帯（けいたい）は　市内電話（しないでんわ）より　料金（りょうきん）が　高（たか）いです。

台中（たいちゅう）は　台北（タイペイ）より　天気（てんき）が　いいです。

18. はつおん〔します〕[0]	発音〔します〕	名 動	發音
19. あね [0]	姉	名	姐姐
20. せ [1]	背	名	身高，個子
21. れきし [0]	歴史	名	歴史
22. かみ [2]	髪	名	頭髮
23. ながい [2]	長い	イ形	長的
24. しないでんわ [4]	市内電話	名	市內電話
25. りょうきん [1]	料金	名	費用
26. たいちゅう [0]	台中	名	台中

文型 II　練習

（請以問答的形式進行口語練習及代換練習。）

1. 張(ちょう)さんは　美和(みわ)さんより　背(せ)が　高(たか)いですか。

　→　はい、張(ちょう)さんは　美和(みわ)さんより　背(せ)が　高(たか)いです。

2. 日本語(にほんご)は　中国語(ちゅうごくご)より　漢字(かんじ)が　多(おお)いですか。

　→　いいえ、日本語(にほんご)は　中国語(ちゅうごくご)より　漢字(かんじ)が　少(すく)ないです。

3. A：台北(タイペイ)のMRT(エムアールティー)は　便利(べんり)ですね。

　B：ええ、そうですね。それに、バスより　スピードが　速(はや)いです。

　① 日本(にほん)、地下鉄(ちかてつ)

　② 台湾(たいわん)、電車(でんしゃ)

4. A：日本語(にほんご)の試験(しけん)は　どうでしたか。

　B：よかったですよ。でも、彼女(かのじょ)より　点数(てんすう)が　低(ひく)いです。

　① 昨日(きのう)、陳(ちん)さん

　② 英語(えいご)、彼(かれ)

語彙

27. すくない 3	少ない	イ形	少的
28. スピード 0	speed	名	速度
29. エムアールティー 6	MRT	名	台北捷運（Metro Taipei）的簡稱
30. ちかてつ 0	地下鉄	名	地下鐵
31. しけん〔します〕 2	試験〔します〕	名 動	考試
32. てんすう 3	点数	名	分數

文型III (MP3-1 11)

英語（えいご）と　日本語（にほんご）と　どちらが　難（むずか）しいですか。

中国（ちゅうごく）と　アメリカと　どちらが　大（おお）きいですか。

スポーツと　音楽（おんがく）と　どちらが　好（す）きですか。

先輩（せんぱい）と　美和（みわ）さんと　どちらが　若（わか）いですか。

オンラインゲームのほうが　おもしろいです。

日月潭（にちげつたん）のほうが　きれいです。

すいかのほうが　おいしいです。

語彙

33. どちら [1]		代	哪邊，哪個
34. ほう [1]	方	名	～方，～邊
35. わかい [2]	若い	イ形	年輕
36. オンラインゲーム [6]	online game	名	線上遊戲
37. にちげつたん [3]	日月潭	名	日月潭
38. すいか [0]	西瓜	名	西瓜

文型III　練習

（請以問答的形式進行口語練習及代換練習。）

1. オンラインゲームと　トランプと　どちらが　おもしろいですか。

　→　オンラインゲームのほうが　おもしろいです。

2. A：肉と　魚と　どちらが　好きですか。

　B：どちらも　好きです。

　① 春、秋

　② 日本の音楽、アメリカの音楽

3. 王さんと　林さんと　どちらが　日本語が　上手ですか。

　→　王さんのほうが　上手です。

4. 美和：台湾新幹線と　電車と　どちらが　スピードが　速いですか。

　張　：台湾新幹線のほうが　スピードが　速いです。

　① 料金が　高い、料金が　高い

　② 席が　快適、席が　快適

語彙

39. トランプ 2	trump	名	撲克牌
40. にく 2	肉	名	肉，肉類
41. さかな 0	魚	名	魚，魚類
42. どちらも	どちら＋も		二者都～
43. せき 1	席	名	座位
44. かいてき 0	快適	名 ナ形	舒適（的），舒服（的）

文型IV MP3-1 12

果物(くだもの)(の中(なか))で　ぶどうが　一番(いちばん)　好(す)きです。

日本語(にほんご)の勉強(べんきょう)(の中(なか))で　発音(はつおん)が　一番(いちばん)　易(やさ)しいです。

料理(りょうり)(の中(なか))で　日本料理(にほんりょうり)が　一番(いちばん)　好(す)きです。

クラス(の中(なか))で　美和(みわ)さんが　一番(いちばん)　親切(しんせつ)です。

台湾(たいわん)(の中(なか))で　阿里山(ありさん)が　一番(いちばん)　きれいです。

動物(どうぶつ)(の中(なか))で　犬(いぬ)が　一番(いちばん)　可愛(かわい)いです。

スポーツ(の中(なか))で　野球(やきゅう)が　一番(いちばん)　おもしろいです。

45. なか 1	中	名	裡面，當中
46. で		格助	提示範圍的助詞
47. ぶどう 0	葡萄	名	葡萄

文型IV　練習

（請以問答的形式進行口語練習及代換練習。）

1. スポーツの中(なか)で　何(なに)が　一番(いちばん)　おもしろいですか。

　→　野球(やきゅう)が　一番(いちばん)　おもしろいです。

2. 台湾(たいわん)で　どこが　一番(いちばん)　きれいですか。

　→　阿里山(ありさん)が　一番(いちばん)　きれいです。

　① 高(たか)い、玉山(ぎょくさん)、高(たか)い

　② 好(す)き、花蓮(かれん)、好(す)き

3. クラスで　誰(だれ)が　一番(いちばん)　若(わか)いですか。

　→　頼君(らいくん)が　一番(いちばん)　若(わか)いです。

　① ハンサム、張君(ちょうくん)、ハンサム

　② 親切(しんせつ)、美和(みわ)さん、親切(しんせつ)

4. 一週間(いっしゅうかん)で　何曜日(なんようび)が　一番(いちばん)　暇(ひま)ですか。

　→　土曜日(どようび)と　日曜日(にちようび)は　アルバイトですから、金曜日(きんようび)が　一番(いちばん)　暇(ひま)です。

48. いっしゅうかん ③　一週間　名　一週，一個星期

會話本文 MP3-1 13

勉強(べんきょう)の中(なか)で　何(なに)が　一番(いちばん)　難(むずか)しいですか。

美和(みわ)：先週(せんしゅう)の試験(しけん)は　どうでしたか。

王(おう)　：あまり　よくなかったですが、日本語(にほんご)の点数(てんすう)は　よかったです。

　　　頼君(らいくん)より　点数(てんすう)が　高(たか)かったです。

美和(みわ)：そうですか。勉強(べんきょう)の中(なか)で　何(なに)が　一番(いちばん)　難(むずか)しいですか。

王(おう)　：英語(えいご)です。日本語(にほんご)より　ずっと　難(むずか)しいです。美和(みわ)さんは。

美和(みわ)：そうですね。中国語(ちゅうごくご)が　一番(いちばん)　難(むずか)しいです。

　　　発音(はつおん)が　難(むずか)しいですから。

王(おう)　：じゃ、英語(えいご)と　中国語(ちゅうごくご)と　どちらが　難(むずか)しいですか。

美和(みわ)：どちらも　難(むずか)しいです。

會話代換練習

（請將① ②的語彙，套入____內，進行口語練習。）

〈I〉

美和(みわ)：勉強(べんきょう)の中(なか)で　何(なに)が　一番(いちばん)　難(むずか)しいですか。

王(おう)　：英語(えいご)です。日本語(にほんご)より　ずっと　難(むずか)しいです。

① テスト、会計学(かいけいがく)

② 授業(じゅぎょう)、韓国語(かんこくご)

〈II〉

王(おう)　：英語(えいご)と　中国語(ちゅうごくご)と　どちらが　難(むずか)しいですか。

美和(みわ)：どちらも　難(むずか)しいです。

① コーヒー、ジュース、好(す)き、好(す)き

② 水曜日(すいようび)、金曜日(きんようび)、忙(いそが)しい、忙(いそが)しい

學習總複習 MP3-1 14 →解答P.195

1. 聽寫練習

（請依照MP3播放的內容，寫出正確的答案。）

① ______________________________

② ______________________________

③ ______________________________

④ ______________________________

⑤ ______________________________

2. 造句

（請依照例文，完成「～は～より～です。」的句型。）

例：玉山（ぎょくさん）／富士山（ふじさん）／高（たか）い　→　玉山（ぎょくさん）は　富士山（ふじさん）より　高（たか）いです。

例：わたし／林（りん）さん／髪（かみ）／長（なが）い　→　わたしは　林（りん）さんより　髪（かみ）が　長（なが）いです。

① デジカメ／パソコン／安（やす）い

____

② 阿部（あべ）さん／美和（みわ）さん／背（せ）／高（たか）い

____

③ 中国（ちゅうごく）／アメリカ／人口（じんこう）／多（おお）い

____

④ 先輩（せんぱい）／美和（みわ）さん／テニス／上手（じょうず）

____

3. 完成下列答句

（請依照例文所示寫出適當的答句。）

例：コーヒーと　ジュースと　どちらが　好(す)きですか。（ジュース）

→ ジュースのほうが　好(す)きです。

① トランプと　オンラインゲームと　どちらが　おもしろいですか。

（オンラインゲーム）

→ ____________________

② 阿部(あべ)さんと　美和(みわ)さんと　どちらが　中国語(ちゅうごくご)が　上手(じょうず)ですか。（美和(みわ)さん）

→ ____________________

③ フランス料理(りょうり)と　韓国料理(かんこくりょうり)と　どちらが　いいですか。（どちらも）

→ ____________________

④ スポーツの中(なか)で　何(なに)が　一番(いちばん)　好(す)きですか。（野球(やきゅう)）

→ ____________________

⑤ クラスの中(なか)で　誰(だれ)の点数(てんすう)が　一番(いちばん)　高(たか)いですか。（阿部(あべ)さん）

→ ____________________

4. 填充

（請於（　）中填入適當的助詞，【　】中填入適當的疑問代名詞。）

例：台湾(たいわん)の中(なか)（　で　）　【　どこ　】が　一番(いちばん)　きれいですか。

→ 阿里山(ありさん)（　が　）　一番(いちばん)　きれいです。

① 東京(とうきょう)（　　　）　台北(タイペイ)（　　　）　にぎやかです。

② 果物(くだもの)の中(なか)（　　）　何(なに)（　　）　一番(いちばん)　好(す)きですか。

③ 土曜日(どようび)（　　）　日曜日(にちようび)（　　）　どちら（　　）　いいですか。

→　土曜日(どようび)（　　）ほう（　　）　いいです。

→　どちら（　　）　いいです。

④ 電車(でんしゃ)（　　）　バス（　　）　スピード（　　）速(はや)いです。

⑤ 林(りん)さんと　王(おう)さんと　【　　】が　頭(あたま)（　　）　いいですか。

⑥ ペットの中(なか)（　　）　【　　】が　一番(いちばん)　好(す)きですか。

⑦ 日本(にほん)の中(なか)（　　）　【　　】が　一番(いちばん)　にぎやかですか。

→　東京(とうきょう)が　一番(いちばん)　にぎやかです。

5. 改錯

（請將正確的句子寫於劃線處。）

例：ぶどうと　すいかより　好(す)きです。　→　ぶどうは　すいかより　好(す)きです。

① クラスの中(なか)で　何(なに)が　一番(いちばん)　親切(しんせつ)ですか。

→ ____________________

② 昨日(きのう)と　おとといと　どうが　暇(ひま)でしたか。

→ ____________________

③ わたしのほうが　背(せ)は　高(たか)いです。

→ ____________________

④ 携帯(けいたい)は　市内電話(しないでんわ)が　料金(りょうきん)より　高(たか)いです。

→ ______________________________

⑤ 勉強(べんきょう)の中(なか)で　どちらが　一番(いちばん)　難(むずか)しいですか。

→ ______________________________

6. 翻譯練習

（請將下列日文句翻譯成中文句，或將中文句翻譯成日文句）

例1：台湾(たいわん)は　東京(とうきょう)より　ずっと　暑(あつ)いです。　→　台灣比東京炎熱得多。

例2：美國比日本大。　→　アメリカは　日本(にほん)より　大(おお)きいです。

① 動物(どうぶつ)の中(なか)で　兎(うさぎ)が　一番(いちばん)　可愛(かわい)いです。

→ ______________________________

② 中国(ちゅうごく)のほうが　歴史(れきし)が　古(ふる)いですか。

→ ______________________________

③ 在你的社團中誰最親切呢？

→ ______________________________

④ 一星期中星期幾最忙呢？

→ ______________________________

豆知識

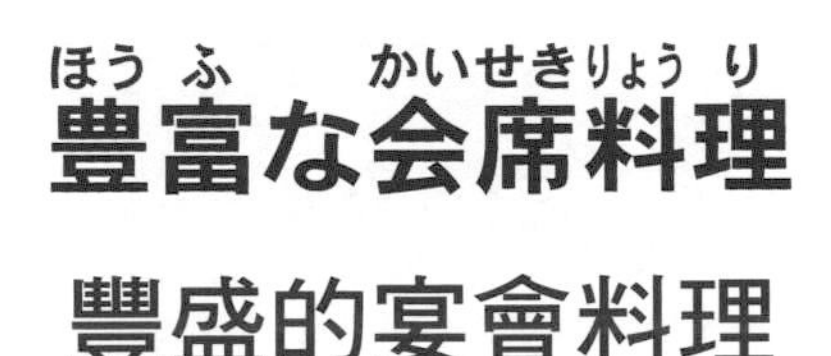

豐富な会席料理

豐盛的宴會料理

您是否曾看著日劇裡的滿桌佳餚而感到食指大動呢？這就是所謂的「**会席料理**（宴會料理）」。

「**会席料理**」基本是一湯三菜。和台灣人上桌就先添飯的習慣稍有出入，在日本，白飯和醬菜其實是吃完美味佳餚後仍嫌不足時的墊底，要吃到最後才會出現，所以吃「**会席料理**」時，大家千萬別一上桌就跟服務生要飯，這會讓服務生深感納悶！

一般的宴會料理，會有很正式的「**献立**（菜單）」，依序寫有詳細的菜色。完整範例為「**先付け**（前菜）」、「**椀物**（湯或羹品）」、「**向付け**（生魚片）」、「**焼き物**（燒烤類）」、「**煮物**（滷菜）」、「**揚げ物**（油炸類）」、「**蒸し物**（蒸類）」或「**鍋物**（火鍋類）」、「**酢の物**（醋醃製物）」或「**香の物**（醬菜）」、「**ご飯物と汁物**（飯類和湯類）」、「**果物**（水果）」。

另外值得一提的是，常被混為一談的「**懐石料理**（茶宴料理）」，雖然發音相同，菜色看起來也很雷同，不過強調的是「品茗」之樂，偏重風雅情趣，酒類僅止於淺酌而已。

第十三課（だいじゅうさんか）

龍山寺（りゅうざんじ）は　台北（タイペイ）に　あります。

重點提示（存在表現、數量詞）

1. 龍山寺（りゅうざんじ）は　台北（タイペイ）に　あります。
   先生（せんせい）は　教室（きょうしつ）に　います。

2. 台北（タイペイ）に　龍山寺（りゅうざんじ）が　あります。
   教室（きょうしつ）に　先生（せんせい）が　います。

3. 部屋（へや）に　テレビや　パソコン（など）が　あります。
   本屋（ほんや）に　王（おう）さんや　高野（たかの）さん（たち）が　います。

4. 庭（にわ）に　犬（いぬ）が　五匹（ごひき）　います。

文型 I MP3-1 16

龍山寺(りゅうざんじ)は　台北(タイペイ)に　あります。

先生(せんせい)は　教室(きょうしつ)に　います。

美和(みわ)さんは　部屋(へや)に　います。

母(はは)は　台所(だいどころ)に　います。

父(ちち)は　会社(かいしゃ)に　います。

自動販売機(じどうはんばいき)は　階段(かいだん)の所(ところ)に　あります。

公衆電話(こうしゅうでんわ)は　公園(こうえん)に　あります。

郵便局(ゆうびんきょく)は　駅(えき)の向(む)こうに　あります。

語彙	漢字	詞性	中文
1. りゅうざんじ 1	龍山寺	名	龍山寺
2. に		格助	提示存在地點的助詞
3. あります 3		動	有，在（東西、物品的存在）
4. います 2		動	有，在（人或動物的存在）
5. だいどころ 0	台所	名	廚房
6. ちち 1 2	父	名	家父
7. じどうはんばいき 6	自動販売機	名	自動販賣機
8. こうしゅうでんわ 5	公衆電話	名	公用電話
9. こうえん 0	公園	名	公園
10. むこう 2 0	向こう	名	對面

文型Ⅰ　練習

（請以問答的形式，進行口語練習及代換練習。）

1. あのう、トイレは　どこに　ありますか。

　→　トイレは　二階(にかい)の突(つ)き当(あ)たりに　あります。

2. A：すみません。谷口先生(たにぐちせんせい)は　いますか。

　B：いいえ、先生(せんせい)は　今(いま)　食堂(しょくどう)に　います。

　A：そうですか。どうも　ありがとう　ございます。

3. 本屋(ほんや)は　どこに　ありますか。

　→　銀行(ぎんこう)と　スーパーの間(あいだ)に　あります。

　① ガソリンスタンド、デパートの左側(ひだりがわ)

　② 公衆電話(こうしゅうでんわ)、駅(えき)の中(なか)

4. 犬(いぬ)は　どこに　いますか。

　→　庭(にわ)に　います。

　① お母(かあ)さん、台所(だいどころ)

　② 美和(みわ)さん、図書館(としょかん)

語彙

11. あの（う）[0]		感嘆	那個……（開啟話語的發語詞）
12. つきあたり [0]	突き当たり	名	盡頭
13. あいだ [0]	間	名	中間，之間
14. ガソリンスタンド [6]	（和）gasoline＋stand	名	加油站
15. ひだりがわ [0]	左側	名	左側，左邊
16. なか [1]	中	名	裡面，中央
17. にわ [0]	庭	名	庭院

文型 II MP3-1 17

台北（タイペイ）に　龍山寺（りゅうざんじ）が　あります。

教室（きょうしつ）に　先生（せんせい）が　います。

教室（きょうしつ）に　クラスメートが　います。

机（つくえ）の下（した）に　猫（ねこ）が　います。

わたしの隣（となり）に　美和（みわ）さんが　います。

冷蔵庫（れいぞうこ）の中（なか）に　コーラが　あります。

かばんの中（なか）に　携帯（けいたい）が　あります。

図書館（としょかん）に　本（ほん）が　たくさん　あります。

18. が		格助	提示存在的助詞
19. つくえ 0	机	名	桌子
20. した 0	下	名	下面
21. れいぞうこ 3	冷蔵庫	名	冰箱
22. コーラ 1	cola	名	可樂
23. たくさん 0 3	沢山	名 ナ形 副	很多

文型II　練習

（請以問答的形式進行口語練習及代換練習。）

1. 教室(きょうしつ)に　誰(だれ)が　いますか。

　→　誰(だれ)も　いません。

2. A：王(おう)さんの隣(となり)に　男(おとこ)の人(ひと)が　いますね。

　あの人(ひと)は　誰(だれ)ですか。

　B：阿部勉(あべつとむ)さんです。わたしのクラスメートです。

　① 女(おんな)の人(ひと)、高野美和(たかのみわ)さん、後輩(こうはい)

　② きれいな人(ひと)、林先生(りんせんせい)、日本語(にほんご)の先生(せんせい)

3. ポケットに　何(なに)が　ありますか。

　→　何(なに)も　ありません。

4. A：箱(はこ)の中(なか)に　何(なに)が　ありますか。

　B：写真(しゃしん)が　あります。

　① はさみ

　② 携帯(けいたい)ストラップ

語彙

24. おとこ ③	男	名	男人
25. おんな ③	女	名	女人
26. こうはい ⓪	後輩	名	學弟、妹，後進
27. ポケット ②①	pocket	名	口袋
28. はこ ⓪	箱	名	盒子，箱子
29. しゃしん ⓪	写真	名	照片
30. はさみ ③②		名	剪刀
31. けいたいストラップ ⑦	（和）携帯＋strap	名	手機吊飾

文型III MP3-1 18

部屋(へや)に　テレビや　パソコン（など）が　あります。

本屋(ほんや)に　王(おう)さんや　高野(たかの)さん（たち）が　います。

教室(きょうしつ)に　谷口先生(たにぐちせんせい)と　林先生(りんせんせい)が　います。

体育館(たいいくかん)に　阿部(あべ)さんや　張(ちょう)さん（たち）が　います。

事務室(じむしつ)に　谷口先生(たにぐちせんせい)や　林先生(りんせんせい)（たち）が　います。

机(つくえ)の上(うえ)に　本(ほん)と　ノートが　あります。

本棚(ほんだな)に　辞書(じしょ)や　雑誌(ざっし)（など）が　あります。

引(ひ)き出(だ)しに　デジカメや　財布(さいふ)（など）が　あります。

32. や		助	提示列舉事物的助詞
33. ～たち	～達	接尾	～們
34. など 1	等	副	等等
35. ほんだな 1	本棚	名	書架
36. ひきだし 0	引き出し	名	抽屜
37. さいふ 0	財布	名	錢包

文型III　練習

（請以問答的形式進行口語練習及代換練習。）

1. 教室（きょうしつ）に　誰（だれ）が　いますか。

　→　教室（きょうしつ）に　先生（せんせい）と　学生（がくせい）が　います。

2. 美和（みわ）：木柵動物園（ムーツァーどうぶつえん）に　何（なに）が　いますか。

　張（ちょう）　：そうですね。パンダや　コアラや　いろいろな動物（どうぶつ）が　いますよ。

3. A：学校（がっこう）の近（ちか）くに　何（なに）が　ありますか。

　B：喫茶店（きっさてん）や　郵便局（ゆうびんきょく）や　たくさんの店（みせ）が　あります。

　A：じゃ、とても　便利（べんり）ですね。

　B：ええ、そうですね。

　① 家（うち）、デパート、銀行（ぎんこう）

　② 駅（えき）、大（おお）きいスーパー、本屋（ほんや）

4. 財布（さいふ）の中（なか）に　何（なに）が　ありますか。

　→　お金（かね）と　お守（まも）りが　あります。

語彙

38. ムーツァーどうぶつえん [8]	木柵動物園	名	木柵動物園
39. パンダ [1]	panda	名	熊貓
40. コアラ [1]	koala	名	無尾熊
41. いろいろ〔な〕[0]	色々〔な〕	名 ナ形	各式各樣（的）
42. ちかく [2] [1]	近く	名	附近
43. きっさてん [3] [0]	喫茶店	名	咖啡廳
44. おかね [0]	お金	名	錢
45. おまもり [0]	御守り	名	護身符

文型IV (MP3-1 19)

庭(にわ)に　犬(いぬ)が　<u>五匹(ごひき)</u>　います。

学校(がっこう)に　英語(えいご)の先生(せんせい)が　七人(しち/ななにん)　います。

わたしは　パソコンが　二台(にだい)　あります。

机(つくえ)の上(うえ)に　英語(えいご)の本(ほん)が　一冊(いっさつ)と　日本語(にほんご)の本(ほん)が　三冊(さんさつ)　あります。

今朝(けさ)　蜜柑(みかん)を　二(ふた)つ　食(た)べました。

毎日(まいにち)　牛乳(ぎゅうにゅう)を　一本(いっぽん)　飲(の)みます。

映画(えいが)の切符(きっぷ)を　四枚(よんまい)　買(か)いました。

語彙

46. ～ひき / びき / ぴき	～匹	接尾	～隻，尾
47. ～にん	～人	接尾	～個人
48. ～だい	～台	接尾	～台，部
49. ～さつ	～冊	接尾	～本，冊
50. みかん [1]	蜜柑	名	橘子
51. ふたつ [0]	二つ	名	二個
52. ～ほん / ぼん / ぽん	～本	接尾	～瓶，枝
53. きっぷ [0]	切符	名	票
54. ～まい	～枚	接尾	～張，片

文型IV　練習

（請以問答的形式進行口語練習及代換練習。）

1. 教室に　学生が　何人　いますか。

　→　教室に　学生が　四十八人　います。

2. A：家に　自動車が　ありますか。

　B：はい、二台　あります。

　① テレビ、三台

　② ピアノ、一台

3. サンドイッチを　一つと　牛乳を　一本　お願いします。

　→　はい、どうぞ。

　① ラーメン、ビール

　② 消しゴム、ボールペン

4. 映画の切符は　一枚　いくらですか。

　→　二百八十元です。

5. 阿部：昨日　辞書を　一冊　買いました。

　美和：そうですか。いくらでしたか。

　阿部：七百五十元でした。

　美和：日本より　安いですね。

55. なんにん [1]	何人	名	幾個人
56. ひとつ [2]	一つ	名	一個

會話本文 MP3-1 20

テレビを　一台(いちだい)　買(か)いました。

美和(みわ)：先週(せんしゅう)　わたしは　テレビを　一台(いちだい)　買(か)いました。

張(ちょう)　：えっ、今(いま)まで　部屋(へや)に　テレビが　ありませんでしたか。

美和(みわ)：ええ。

王(おう)　：じゃ、部屋(へや)に　何(なに)が　ありますか。

美和(みわ)：あまり　大(おお)きい部屋(へや)じゃ　ありませんが、いろいろ　ありますよ。

　　　冷蔵庫(れいぞうこ)や　パソコンや　本棚(ほんだな)などが　あります。

張(ちょう)　：たくさん　ありますね。王(おう)さんの部屋(へや)にも　パソコンが　ありますか。

王(おう)　：いいえ、ありません。でも、姉(あね)の部屋(へや)に　あります。

張(ちょう)　：今度(こんど)　美和(みわ)さんの家(うち)へ　遊(あそ)びに　行(い)きたいです。

美和(みわ)：ええ、どうぞ。

會話代換練習

（請將① ②的語彙，套入____內，進行口語練習。）

〈I〉

王（おう）　：部屋（へや）に　何（なに）が　ありますか。

美和（みわ）：冷蔵庫（れいぞうこ）や　パソコンや　本棚（ほんだな）などが　あります。

張（ちょう）　：いろいろ　ありますね。

① パソコン、テレビ、机（つくえ）

② テレビ、冷蔵庫（れいぞうこ）、パソコン

〈II〉

王（おう）　：家族（かぞく）は　どこに　いますか。

張（ちょう）　：台北（タイペイ）に　います。

王（おう）　：何人（なんにん）　いますか。

張（ちょう）　：四人（よにん）です。

① 一年生（いちねんせい）の学生（がくせい）、体育館（たいいくかん）、三十五人（さんじゅうごにん）

② 先生（せんせい）、事務室（じむしつ）、二人（ふたり）

學習總複習 MP3-1 21 →解答P.197

1. 聽寫練習

（請依照MP3播放的內容，寫出正確的答案。）

① ______________________________

② ______________________________

③ ______________________________

④ ______________________________

⑤ ______________________________

2. 選擇

（請依照題目所示選出適當的存在動詞。）

① 動物園(どうぶつえん)は　どこに　（あります・います）か。

② 美和(みわ)さんは　教室(きょうしつ)に　（あります・います）。

③ 台所(だいどころ)に　姉(あね)が　（あります・います）。

④ 公園(こうえん)に　きれいな花(はな)が　（あります・います）。

⑤ かばんの中(なか)に　何(なに)も　（ありません・いません）。

3. 完成句子

（請依照例文加入適當的助詞，完成以下的句型。）

例：自動販売機（じどうはんばいき）／二階（にかい）／あります　→　自動販売機（じどうはんばいき）は　二階（にかい）に　あります。

① 林先生（りんせんせい）／研究室（けんきゅうしつ）／います

____

② 陽明山（ようめいざん）／台北（タイペイ）／あります

____

③ 猫（ねこ）／机（つくえ）／下（した）／います

____

④ 郵便局（ゆうびんきょく）／駅（えき）／隣（となり）／あります

____

4. 完成下列答句

（請依照例文完成以下的句型。）

例：公園（こうえん）／女の人（おんなのひと）／います　→　公園（こうえん）に　女の人（おんなのひと）が　います。

① 日本（にほん）／友達（ともだち）／います

→____

② 庭（にわ）／大きい（おおきい）自動車（じどうしゃ）／あります

→____

③ かばん／中（なか）／財布（さいふ）／あります

→____

④ 先輩（せんぱい）／隣（となり）／美和（みわ）さん／います

→____

⑤ 部屋(へや) / 中(なか) / 誰(だれ) / いません

→＿＿＿＿＿＿＿＿＿＿＿＿＿＿＿＿＿＿＿＿＿＿＿＿＿＿＿＿＿＿

5. 數量詞填充

（請於表格中填入適當的數量詞。）

物品／對象	1	3	6	7	8
人(ひと)	ひとり				はちにん
切符(きっぷ)	いちまい		ろくまい		
蜜柑(みかん)				ななつ	
牛乳(ぎゅうにゅう)		さんぼん			
本(ほん)			ろくさつ	ななさつ	

6. 填充

（請於（　）中填入適當的助詞，【　】中填入適當的疑問代名詞。）

例：教室(きょうしつ)（　に　）　【　誰(だれ)　】が　いますか。

① ガソリンスタンドは　【　　　】に　ありますか。

② A：あなたの部屋(へや)に　【　　　】が　ありますか。

B：新(あたら)しいパソコンが　一台(いちだい)　あります。

③ 谷口先生(たにぐちせんせい)は　阿部(あべ)さん（　　　）　美和(みわ)さん（　　　）間(あいだ)に　います。

④ 図書館(としょかん)に　日本語(にほんご)（　　　）雑誌(ざっし)（　　　）　たくさん　あります。

⑤ A：冷蔵庫の中に　【　　　】が　ありますか。

B：何（　　　）　ありません。

⑥ 駅の近くに　銀行（　　　）　デパートなど（　　　）　あります。

⑦ 引き出し（　　　）中に　英語の本（　　　）一冊と　日本語（　　　）本が三冊　あります。

⑧ ケーキ（　　　）　一つと　コーヒー（　　　）　お願いします。

7. 讀讀看、寫寫看

（請閱讀以下文章後，以「我家附近」為題寫一篇短文。）

わたしの新しい家は　にぎやかな所に　あります。家の向こうに　レストランが　あります。わたしは　毎日　そこで　朝ご飯を　食べます。それから、自転車で　学校へ　行きます。

家の隣に　きれいな公園が　あります。近くに　郵便局や　立派な図書館などが　あります。図書館は　静かですから、わたしは　よく　勉強に　行きます。郵便局と　図書館の間に　コンビニが　あります。新しい家は　便利ですから、とても好きです。

豆知識

バナナ自動販売機(じどうはんばいき)の登場(とうじょう)

香蕉自動販賣機登場

日前「バナナ自動販売機(じどうはんばいき)（香蕉自動販賣機）」，分別在「渋谷(しぶや)（澀谷）」和「銀座(ぎんざ)（銀座）」兩地登場，成為喧然話題，也讓人不得不佩服日本人對於「自動販売機(じどうはんばいき)」使用的多元化。其實，街頭時常可見的「自動販売機(じどうはんばいき)」，在日本，可說是平凡中見偉大。

日本的第一台「自動販売機(じどうはんばいき)」誕生在明治時代，是用來販賣郵票。而飲料的販賣機則是到了1961年才引進，據說這是因為販賣機主要使用的「100円(ひゃくえん)」硬幣，是1957年才開始發行流通。

日本國內的「自動販売機(じどうはんばいき)」數量約有526萬台左右，數量龐大，令人驚嘆。而其背後的商機，也不容忽視。到2008年底的計算，營業額高達5兆7000億日圓（近2兆台幣）。調查還發現一個有趣的現象，使用「自動販売機(じどうはんばいき)」的人，十個人當中只有一位是女性，據說是因為男性比較容易衝動購物，想喝就買，而女性對於飲品比較挑剔！

日本的「自動販売機(じどうはんばいき)」除了一般飲料，販賣的商品可說是琳瑯滿目。除了「タバコ（香菸）」、「ビール（啤酒）」、「アダルトビデオ（成人錄影帶）」、「ポルノ雑誌(ざっし)（色情雜誌）」等限制性商品外，還有「生(なま)うどん（生烏龍麵）」、「卵(たまご)（雞蛋）」等農產品。

第十四課（だいじゅうよんか）

わたしは 阿部（あべ）さんに 和菓子（わがし）を もらいました。

重點提示（授受表現）

1. わたしは 阿部（あべ）さんに CD（シーディー）を あげました。
   わたしは 阿部（あべ）さんに／から 和菓子（わがし）を もらいました。

2. 美和（みわ）さんは 先輩（せんぱい）に 傘（かさ）を 貸（か）しました。
   先輩（せんぱい）は 美和（みわ）さんに／から 傘（かさ）を 借（か）りました。

3. わたしは 美和（みわ）さんに 台湾語（たいわんご）を 教（おし）えます。
   美和（みわ）さんは 張（ちょう）さんに／から 台湾語（たいわんご）を 習（なら）います。

4. 母（はは）は わたしに 小遣（こづか）いを くれました。

文型 I MP3-1 23

わたしは　阿部(あべ)さんに　CD(シーディー)を　あげました。

わたしは　阿部(あべ)さんに / から　和菓子(わがし)を　もらいました。

わたしは　彼女(かのじょ)に　花(はな)を　あげました。

わたしは　美和(みわ)さんに　中国語(ちゅうごくご)の辞書(じしょ)を　あげました。

わたしは　友達(ともだち)に　誕生日(たんじょうび)のプレゼントを　あげました。

わたしは　母(はは)に / から　小遣(こづか)いを　もらいました。

わたしは　先輩(せんぱい)に / から　お土産(みやげ)を　もらいました。

わたしは　彼(かれ)に / から　花(はな)を　もらいました。

1. に		格助	提示對象的助詞
2. あげます 3		動	給～人
3. から		格助	從～（提示動作起源的助詞）
4. わがし 2	和菓子	名	日式點心
5. もらいます 4	貰います	動	得到，收到
6. はな 2	花	名	花
7. プレゼント〔します〕2	（和）present〔します〕	名 動	禮物，送禮物
8. こづかい 1	小遣い	名	零用錢
9. おみやげ 0	お土産	名	土產，紀念品

文型 I　練習

（請以問答的形式，進行口語練習及代換練習。）

1. A：昨日（きのう）　コンサートの切符（きっぷ）を　もらいました。

　B：いいですね。誰（だれ）に / から　もらいましたか。

　A：兄（あに）の彼女（かのじょ）です。

2. A：来月（らいげつ）は　美和（みわ）さんの誕生日（たんじょうび）ですね。何（なに）を　あげますか。

　B：わたしは　彼女（かのじょ）に　図書券（としょけん）を　あげます。あなたは。

　A：手作（てづく）りの財布（さいふ）を　あげます。

3. A：<u>母（はは）の日（ひ）</u>に　お母（かあ）さんに　何（なに）を　あげましたか。

　B：<u>カーネーションと　ケーキ</u>を　あげました。あなたは。

　A：わたしは　母（はは）に　香水（こうすい）を　あげました。

　① 誕生日（たんじょうび）、ネックレス

　② お正月（しょうがつ）、デジカメ

4. A：その<u>指輪（ゆびわ）</u>は　きれいですね。

　B：ありがとう　ございます。クリスマスに　<u>彼（かれ）</u>に / から　もらいました。

　① ネクタイ、彼女（かのじょ）

　② 財布（さいふ）、姉（あね）

10. あに 1	兄	名	哥哥
11. としょけん 2	図書券	名	圖書禮券
12. てづくり 2	手作り	名	自己做，親手做
13. おかあさん 2	お母さん	名	母親
14. カーネーション 3	carnation	名	康乃馨
15. こうすい 0	香水	名	香水
16. ネックレス 1	necklace	名	項鍊
17. おしょうがつ 5	お正月	名	過年
18. ゆびわ 0	指輪	名	戒指
19. ネクタイ 1	necktie	名	領帶

文型 II（MP3-1 24）

美和(みわ)さんは　先輩(せんぱい)に　傘(かさ)を　貸(か)しました。

先輩(せんぱい)は　美和(みわ)さんに / から　傘(かさ)を　借(か)りました。

わたしは　クラスメートに　日本語(にほんご)のCD(シーディー)を　貸(か)しました。

阿部(あべ)さんは　王(おう)さんに　絵本(えほん)を　貸(か)しました。

わたしは　妹(いもうと)に　洋服(ようふく)を　貸(か)しました。

わたしは　美和(みわ)さんに / から　本(ほん)を　借(か)りました。

わたしは　林(りん)さんに / から　ペンを　借(か)りました。

父(ちち)は　会社(かいしゃ)の人(ひと)に / から　お金(かね)を　借(か)りました。

20. かします 3	貸します	動	借出，借～人
21. かります 3	借ります	動	借入，向～人借
22. えほん 2	絵本	名	繪本
23. いもうと 0	妹	名	妹妹

文型 II　練習

（請以問答的形式進行口語練習及代換練習。）

1. A：その傘（かさ）は　あなたのですか。

　B：いいえ、これは　先輩（せんぱい）の傘（かさ）です。

　　昨日（きのう）は　雨（あめ）でしたから、先輩（せんぱい）に / から　この傘（かさ）を　借（か）りました。

2. 王（おう）：電話（でんわ）を　かけたいです。一元玉（いちげんだま）が　ありますか。

　張（ちょう）：いいえ、ありません。携帯（けいたい）を　貸（か）しますよ。どうぞ。

　王（おう）：ありがとう　ございます。

3. A：王さんは　張（ちょう）さんに / から　デジカメを　借（か）りました。

　B：どうしてですか。

　A：王さんは　明日（あした）　遊（あそ）びに　行（い）きますから。

　① お金（かね）、デート

　② 車（くるま）、友達（ともだち）を　迎（むか）え

4. A：車（くるま）を　買（か）いましたよ。

　B：お金（かね）が　たくさん　ありますね。

　A：わたしは　父（ちち）に / から　お金（かね）を　借（か）りました。

　B：いいですね。

　① 友達（ともだち）

　② 彼（かれ）

24. たま 2	玉	名	銅板
25. どうして 1		副	為什麼
26. デート〔します〕1	（和）date〔します〕	名 動	日期，約會

文型III MP3-1 25

わたしは　美和（みわ）さんに　台湾語（たいわんご）を　教（おし）えます。

美和（みわ）さんは　張（ちょう）さんに / から　台湾語（たいわんご）を　習（なら）います。

わたしは　弟（おとうと）に　英語（えいご）を　教（おし）えます。

先生（せんせい）は　わたしたちに　日本語（にほんご）を　教（おし）えます。

姉（あね）は　わたしに　編（あ）み物（もの）を　教（おし）えます。

わたしは　日本人（にほんじん）の先生（せんせい）に / から　生（い）け花（ばな）を　習（なら）います。

わたしは　美和（みわ）さんに / から　日本料理（にほんりょうり）を　習（なら）います。

張（ちょう）さんは　王（おう）さんに / から　水泳（すいえい）を　習（なら）います。

27. おしえます 4	教えます	動	教
28. ならいます 4	習います	動	學習
29. あみもの 2 3	編み物	名	編織
30. いけばな 2	生け花	名	插花

文型III　練習

（請以問答的形式進行口語練習及代換練習。）

1. 日本人の先生に / から　日本語を　習いますか。

　→　いいえ、台湾人の先生に / から　習います。

2. A：夏休みに　何を　しますか。

　B：わたしは　ギターを　習いたいです。あなたは。

　A：わたしは　車の運転を　習いたいです。

　① コンピューター、フランス語

　② 水泳、英語の会話

3. 今晩　映画を　見ますか。

　→　いいえ、見ません。弟に　数学を　教えますから。

　① 英語

　② 水泳

4. 美和：誰に　英語を　習いましたか。

　張　：アメリカ人の友達に　習いました。

　美和：じゃ、張さんは　英語が　上手ですか。

　張　：いいえ、あまり……。

31. うんてん〔します〕0	運転〔します〕	名 動	開車
32. すうがく 0	数学	名	數學

文型IV MP3-1 26

母（はは）は　わたしに　小遣（こづか）いを　くれました。

先生（せんせい）は　わたしに　辞書（じしょ）を　くれました。

美和（みわ）さんは　わたしに　日本（にほん）のお菓子（かし）を　くれました。

兄（あに）は　わたしに　シャツを　くれました。

隣（となり）の人（ひと）は　妹（いもうと）に　人形（にんぎょう）を　くれました。

先輩（せんぱい）は　わたしたちに　古（ふる）いテキストを　くれました。

彼（かれ）は　わたしに　日本語（にほんご）のCD（シーディー）を　くれました。

33. くれます 3		動	～人給（我）
34. おかし 2	お菓子	名	點心，糕餅
35. にんぎょう 0	人形	名	娃娃，玩偶
36. テキスト 1 2	text	名	教科書

文型IV　練習

（請以問答的形式進行口語練習及代換練習。）

1. 王（おう）　：張（ちょう）さんは　あなたに　何（なに）を　くれましたか。

   阿部（あべ）：張（ちょう）さんは　わたしに　花（はな）を　くれました。

2. A：昨日（きのう）　彼（かれ）は　わたしに　時計（とけい）を　くれました。

   B：えっ、昨日（きのう）は　あなたの誕生日（たんじょうび）でしたか。

   A：ええ、そうです。時計（とけい）は　誕生日（たんじょうび）のプレゼントです。

   B：そうですか。誕生日（たんじょうび）　おめでとう　ございます。

   ① 母（はは）、ネックレス、ネックレス

   ② 美和（みわ）さん、ケーキ、ケーキ

3. お正月（しょうがつ）に　お母（かあ）さんは　あなたに　何（なに）を　くれますか。

   →　お年玉（としだま）を　くれます。

4. 張（ちょう）　：王（おう）さんは　わたしに　手作（てづく）りのケーキを　くれました。

   美和（みわ）：どうしてですか。

   張（ちょう）　：先週（せんしゅう）　王（おう）さんは　わたしに / から　デジカメを　借（か）りましたから。

   美和（みわ）：ああ、そのお礼（れい）ですか。

   ① キーホルダー

   ② 携帯（けいたい）ストラップ

> おめでとう　ございます：
> 恭喜您！

37. おとしだま 0	お年玉	名	壓歲錢
38. おれい 0	お礼	名	道謝，敬禮
39. キーホルダー 3	（和）key＋holder	名	鑰匙圈

會話本文 MP3-1 27

誕生日（たんじょうび）のプレゼントです。

美和（みわ）：それ、新（あたら）しいワンピースですね。いつ　買（か）いましたか。

張（ちょう）　：いいえ、誕生日（たんじょうび）のプレゼントです。

　　　母（はは）に　もらいました。

美和（みわ）：いいですね。

張（ちょう）　：誕生日（たんじょうび）に　ケーキや　財布（さいふ）など　いろいろな物（もの）を　もらいました。

　　　美和（みわ）さんは　誕生日（たんじょうび）に　何（なに）を　もらいましたか。

美和（みわ）：わたしは　二十歳（はたち）の誕生日（たんじょうび）に　母（はは）から　着物（きもの）を　もらいました。

張（ちょう）　：見（み）たいです。

　　　どんな着物（きもの）ですか。

美和（みわ）：地味（じみ）ですが、すてきな着物（きもの）ですよ。

會話代換練習

（請將① ②的語彙，套入___內，進行口語練習。）

〈I〉

美和（みわ）：それ、新（あたら）しいワンピースですね。いつ　買（か）いましたか。

張（ちょう）　：いいえ、誕生日（たんじょうび）のプレゼントです。母（はは）に　もらいました。

① 財布（さいふ）、姉（あね）

② パソコン、父（ちち）

〈II〉

美和（みわ）：誕生日（たんじょうび）に　何（なに）を　もらいましたか。

張（ちょう）　：ケーキや　財布（さいふ）など　いろいろな物（もの）を　もらいました。

① お正月（しょうがつ）、お年玉（としだま）

② クリスマス、図書券（としょけん）

〈III〉

美和（みわ）：誕生日（たんじょうび）に　何（なに）を　もらいましたか。

王　：何（なに）も　もらいませんでした。

① お正月（しょうがつ）

② クリスマス

學習總複習 MP3-1 28 →解答P.198

1. 聽寫練習

（請依照MP3播放的內容，寫出正確的答案。）

① ______________________________

② ______________________________

③ ______________________________

④ ______________________________

⑤ ______________________________

2. 文法練習

（下列句子文法正確的請填入○，錯誤的請填入×，並請於____更正錯誤處。）

例：（　○　）わたしは　美和(みわ)さんに　プレゼントを　あげました。________

例：（　×　）父(ちち)は　わたしに　ジュースを　あげました。　くれました

①（　　　）わたしは　クリスマスに　弟(おとうと)に　カードを　くれます。________

②（　　　）わたしは　谷口先生(たにぐちせんせい)に　日本語(にほんご)を　教(おし)えます。________

③（　　　）わたしは　先生(せんせい)から　ノートを　もらいました。________

④（　　　）友達(ともだち)は　鉛筆(えんぴつ)が　ありませんから、わたしは　彼(かれ)に　借(か)ります。________

⑤（　　　）美和(みわ)さんは　わたしに　日本語(にほんご)の絵本(えほん)を　くれました。________

3. 選擇填充

（請依照文意，從以下動詞中選出正確者，且變換適當的形態於空格中。）

a.あげます　b.もらいます　c.教えます　d.習います
e.貸します　f.借ります　g.くれます

例：先週　美和さんは　阿部さんに / から　プレゼントを　（　b.もらいました　）。

① 每個月父親給我零用錢。

毎月　父は　わたしに　小遣いを　（　　　　　　　　）。

② 現在我要去圖書館借書。

これから　図書館へ　本を　（　　　　　　　　）に　行きます。

③ 我向林老師學日語。

わたしは　林先生に　日本語を　（　　　　　　　　）。

④ 林老師教我日語。

林先生は　わたしに　日本語を　（　　　　　　　　）。

⑤ 昨天生日，沒收到任何禮物。

昨日の誕生日に　何も　（　　　　　　　　）。

⑥ 因為下雨，我借傘給他。

雨ですから、わたしは　彼に　傘を　（　　　　　　　　）。

4. 完成下列答句

（請依照例文所示，寫出適當的答句。）

例：林先生(りんせんせい)は　美和(みわ)さんに　何(なに)を　もらいましたか。（誕生日(たんじょうび)のプレゼント）

→ 林先生(りんせんせい)は　美和(みわ)さんに　誕生日(たんじょうび)のプレゼントを　もらいました。

① 美和(みわ)さんは　友達(ともだち)に　何(なに)を　あげますか。（手作(てづく)りのネックレス）

→______________________________

② 阿部(あべ)さんは　美和(みわ)さんに　何(なに)を　教(おし)えましたか。（ピアノ）

→______________________________

③ あなたは　誕生日(たんじょうび)に　お父(とう)さんから　何(なに)を　もらいましたか。（何(なに)も）

→______________________________

④ あなたは　誰(だれ)に　お金(かね)を　貸(か)しますか。（兄(あに)）

→______________________________

⑤ あなたの国(くに)で　子供(こども)は　いつ　お年玉(としだま)を　もらいますか。（お正月(しょうがつ)）

→______________________________

5. 填充

（請於（　）中填入適當的助詞，【　】中填入適當的疑問代名詞。）

例：隣(となり)の人(ひと)は　妹(いもうと)（　に　）　人形(にんぎょう)を　くれました。

① わたしは　妹(いもうと)（　　　）　洋服(ようふく)を　貸(か)しました。

② わたしは　妹(いもうと)（　　　）　着物(きもの)を　借(か)りました。

③ 来週(らいしゅう)から　わたし（　　　）　弟(おとうと)（　　　）　水泳(すいえい)を　教(おし)えます。

④ クリスマス（　　　）　彼女(かのじょ)に　【　　　】を　あげますか。

→　きれいな指輪(ゆびわ)を　あげます。

⑤ 夏休(なつやす)みに　車(くるま)（　　　）　運転(うんてん)（　　　）　習(なら)いたいです。

6. 翻譯練習

（請將下列日文句翻譯成中文句，或將中文句翻譯成日文句。）

例1：わたしは　よく　姉(あね)に　お金(かね)を　借(か)ります。　→　我經常向姐姐借錢。

例2：學長給了我舊的教科書。

→　先輩(せんぱい)は　わたしに　古(ふる)いテキストを　くれました。

① 昨日(きのう)は　雨(あめ)でしたから、先輩(せんぱい)の彼女(かのじょ)に　傘(かさ)を　借(か)りました。

→＿＿＿＿＿＿＿＿＿＿＿＿＿＿＿＿＿＿＿＿＿＿＿＿＿＿＿＿

② 先週(せんしゅう)　美和(みわ)さんは　わたしに　おいしい和菓子(わがし)を　くれました。

→＿＿＿＿＿＿＿＿＿＿＿＿＿＿＿＿＿＿＿＿＿＿＿＿＿＿＿＿

③ 我向日籍老師學插花。

→＿＿＿＿＿＿＿＿＿＿＿＿＿＿＿＿＿＿＿＿＿＿＿＿＿＿＿＿

④ 母親節時，媽媽收到了香水和項鍊等等，各式各樣的東西。

→＿＿＿＿＿＿＿＿＿＿＿＿＿＿＿＿＿＿＿＿＿＿＿＿＿＿＿＿

おいしい和菓子

美味的日式點心

卡通人物「哆啦A夢」的最愛是什麼？很多人一定會馬上回答是「**どら焼き**（銅鑼燒）」吧！而它，其實就是「**和菓子**（日式點心）」的一種。

「**和菓子**」顧名思義，就是指以日本傳統製造法所做的點心。常見的「**和菓子**」有「**饅頭**（蒸的點心）」、「**蕨餅**（蕨餅，一種由蕨菜根澱粉製成的點心）」、「**大福**（大福，包餡的麻薯）」等，不勝枚舉。店家還會配合四季時令，推出季節限定的商品。像是代表春天的「**桜餅**（櫻餅，用櫻花葉包裹的日式點心）」、充滿夏意的「**水羊羹**（水羊羹，羊羹的一種，較為柔軟，適合夏天食用）」、賞月良伴的「**月見団子**（賞月糯米糰）」，和過年一定要吃的「**黒豆**（黑豆）」等。

不過很多人對於這些日式點心的印象不外乎就是「甜」，尤其和明治時代之後從歐洲等地傳入日本的「**洋菓子**（西式點心）」相比，甜度絕對讓螞蟻也瘋狂！那是因為日式點心的主要材料多為「**砂糖**（砂糖）」、「**水飴**（糖漿）」、「**小豆**（紅豆）」。而為了調和濃稠的甜味，聰明的日本人，常會配合「**茶道**（茶道）」，在意境優雅的茶香之中，搭配造型精緻的日式甜點，可說是一場兼具視覺與味覺的饗宴。

「**和菓子**」已深植日本人的生活，甚至每年的6月16日，還被定為「**和菓子の日**（日式點心之日）」呢！

第十五課

テレビを　見ながら、ご飯を　食べます。

重點提示（動詞ます形的活用表現）

1. テレビを　見ながら、ご飯を　食べます。
2. 日曜日　一緒に　映画を　見ませんか。
3. 早く　帰りましょう。
4. もう　コンサートの切符を　買いました。

文型 I MP3-1 30

テレビを　見(み)ながら、ご飯(はん)を　食(た)べます。

日本語(にほんご)のCD(シーディー)を　聞(き)きながら、会話(かいわ)を　練習(れんしゅう)します。

コーヒーを　飲(の)みながら、新聞(しんぶん)を　読(よ)みます。

彼女(かのじょ)の事(こと)を　考(かんが)えながら、手紙(てがみ)を　書(か)きます。

歩(ある)きながら、タバコを　吸(す)います。

講義(こうぎ)を　聞(き)きながら、ノートを　取(と)ります。

アルバイトを　しながら、大学(だいがく)で　勉強(べんきょう)します。

1. ながら		接助	一邊～一邊～
2. こと 2	事	名	事情
3. かんがえます 5	考えます	動	思索，考量
4. あるきます 4	歩きます	動	步行，走
5. タバコ 0	（葡）tabaco	名	香菸
6. すいます 3	吸います	動	吸，抽
7. こうぎ〔します〕1	講義〔します〕	名 動	上課，講課
8. とります 3	取ります	動	記下，抄，取，拿
9. アルバイト〔します〕3	（德）Arbeit〔します〕	名 動	工讀，打工

文型 I　練習

（請以問答的形式，進行口語練習及代換練習。）

1. 今晩(こんばん)　何(なに)を　しますか。

　→　日本語(にほんご)の会話(かいわ)を　練習(れんしゅう)します。わたしは　いつも　会話(かいわ)のCD(シーディー)を

　　聞(き)きながら、練習(れんしゅう)します。

2. あの人(ひと)は　いつも　歩(ある)きながら、タバコを　吸(す)いますね。

　→　本当(ほんとう)に　よくないですね。危(あぶ)ないです。

3. A：わたしの父(ちち)は　よく　ビールを　飲(の)みながら、プロ野球(やきゅう)を　見(み)ます。

　B：そうですか。わたしの父(ちち)は　いつも　お菓子(かし)を　食(た)べながら、見(み)ます。

　① ご飯(はん)を　食(た)べ

　② 家族(かぞく)と　話(はな)し

4. A：歌(うた)が　好(す)きですか。

　B：ええ、好(す)きです。わたしは　よく　歌(うた)いながら、仕事(しごと)を　します。

　① 運転(うんてん)します

　② 散歩(さんぽ)します

語彙

10. ほんとうに [0]	本当に	副	真是，很
11. あぶない [3]	危ない	イ形	危險的
12. プロ [1]	professional的省略	名 ナ形	職業（的），專業（的）
13. はなします [4]	話します	動	說話
14. うたいます [4]	歌います	動	唱歌
15. さんぽ〔します〕 [0]	散歩〔します〕	名 動	散步

文型 II (MP3-1 31)

日曜日（にちようび）　一緒（いっしょ）に　映画（えいが）を　見（み）<u>ませんか</u>。

今晩（こんばん）　一緒（いっしょ）に　ご飯（はん）を　食（た）べませんか。

夏休（なつやす）み　一緒（いっしょ）に　旅行（りょこう）しませんか。

明日（あした）　バスケットボールを　しませんか。

一緒（いっしょ）に　コンサートを　聞（き）きに　行（い）きませんか。

土曜日（どようび）　一緒（いっしょ）に　コーヒーを　飲（の）みませんか。

そこで　写真（しゃしん）を　撮（と）りませんか。

16. バスケットボール 6	basketball	名	籃球
17. コンサート 1	concert	名	演唱會，演奏會
18. とります 3	撮ります	動	拍攝

文型 II　練習

（請以問答的形式進行口語練習及代換練習。）

1. 明日　わたしの家へ　遊びに　来ませんか。

   → ええ、ありがとう　ございます。

2. 映画が　見たいですね。

   → じゃ、明日　見に　行きませんか。

3. A：ちょっと　疲れましたね。コーヒーを　飲みに　行きませんか。

   B：ええ、行きましょう。どこで　飲みますか。

   A：隣の喫茶店で　飲みましょう。

   ① ビール、食堂

   ② お茶、レストラン

4. A：日曜日　デパートのバーゲンセールに　行きませんか。

   B：すみません、日曜日は　用事が　あります。

   A：そうですか。残念ですね。

   ① 約束

   ② 仕事

19. ちょっと 1		副	稍微，一點
20. つかれます 4	疲れます	動	疲勞，累
21. バーゲンセール 5	bargain sale	名	大拍賣
22. ようじ 0	用事	名	事情
23. ざんねん〔な〕 3	残念〔な〕	名 ナ形	遺憾（的），可惜（的）
24. やくそく 0	約束	名	約會，約定

文型III MP3-1 32

早（はや）く　帰（かえ）り<u>ましょう</u>。

授業（じゅぎょう）を　始（はじ）めましょう。

手（て）を　洗（あら）いましょう。

ちょっと　休（やす）みましょう。

一緒（いっしょ）に　頑張（がんば）りましょう。

そろそろ　行（い）きましょう。

大声（おおごえ）で　会話（かいわ）の練習（れんしゅう）を　しましょう。

25. はやく 1	早く、速く	副	快，早
26. はじめます 4	始めます	動	開始
27. て 1	手	名	手
28. あらいます 4	洗います	動	洗
29. がんばります 5	頑張ります	動	堅持，努力
30. そろそろ 1		副	就要，漸漸地
31. おおごえ 3	大声	名	大聲

文型III　練習

（請以問答的形式進行口語練習及代換練習。）

1. 一緒(いっしょ)に　勉強(べんきょう)しましょう。

　→　ええ、しましょう。

2. A：寒(さむ)いですね。

　B：じゃ、窓(まど)を　閉(し)めましょう。

　① 暑(あつ)い、窓(まど)を　開(あ)け

　② 暑(あつ)い、クーラーを　つけ

3. みんな、来(き)ましたね。じゃ、授業(じゅぎょう)を　始(はじ)めましょう。

　→　はい。

4. 張(ちょう)：合宿(がっしゅく)は　いつ　しましょうか。

　王(おう)：来週(らいしゅう)の　土曜日(どようび)は　どうですか。

　張(ちょう)：そうですね。そう　しましょう。

　① 歓迎会(かんげいかい)

　② 送別会(そうべつかい)

語彙

32. まど 1	窓	名	窗戶
33. しめます 3	閉めます	動	關上
34. あけます 3	開けます	動	打開
35. クーラー 1	cooler	名	冷氣
36. つけます 3		動	開（電器）
37. みんな 3 0		名	大家（「皆(みな)」的口語）
38. がっしゅく〔します〕0	合宿〔します〕	名 動	集體住宿
39. かんげいかい 3 0	歓迎会	名	歡迎會
40. そうべつかい 3 0	送別会	名	歡送會

文型IV MP3-1 33

もう　コンサートの切符（きっぷ）を　買（か）いました。

もう　分（わ）かりました。

もう　レポートを　出（だ）しました。

先生（せんせい）は　もう　家（うち）へ　帰（かえ）りました。

もう　昼（ひる）ご飯（はん）を　食（た）べました。

もう　時間（じかん）が　ありませんから、急（いそ）ぎましょう。

もう　遅（おそ）いですから、そろそろ　帰（かえ）りましょう。

語彙

41. もう 1		副	已經
42. わかります 4	分かります	動	了解，明白
43. だします 3	出します	動	拿出，交出
44. じかん 0	時間	名	時間
45. いそぎます 4	急ぎます	動	趕快，著急
46. おそい 0 2	遅い	イ形	遲的，晚的

文型IV　練習

（請以問答的形式進行口語練習及代換練習。）

1. もう　宿題(しゅくだい)を　しましたか。

　→　ええ、もう　しました。

2. 美和(みわ)さんは　もう　家(うち)へ　帰(かえ)りましたか。

　→　ええ、かばんが　ありませんから、たぶん　帰(かえ)りました。

3. A：もう　<u>レストラン</u>を　予約(よやく)しましたか。

　B：いいえ、まだです。これから　予約(よやく)します。

　① 飛行機(ひこうき)の席(せき)

　② ホテル

4. A：もう　阿部(あべ)さんの誕生日(たんじょうび)のプレゼントを　買(か)いましたか。

　B：今(いま)　買(か)いに　行(い)きますから、一緒(いっしょ)に　行(い)きませんか。

　A：いいですよ。行(い)きましょう。

47. たぶん 1	多分	副	大概（推測表現）
48. よやく〔します〕0	予約〔します〕	名動	預約，預定
49. まだ 1		副	尚未，還沒
50. ひこうき 2	飛行機	名	飛機
51. ホテル 1	hotel	名	旅館

會話本文 MP3-1 34

一緒に　行きませんか。

王　：今週の日曜日　動物園へ　遊びに　行きませんか。

張　：ええ、いいですね。どこの動物園へ　行きますか。

王　：「寿山動物園」へ　行きましょう。

張　：ああ、あそこは　おもしろいですね。去年　行きました。

美和：「寿山動物園」は　どこに　ありますか。

王　：高雄です。美和さんも　一緒に　行きませんか。

美和：行きたいですが、日曜日は　約束が　あります。

王　：じゃ、土曜日に　しましょう。

美和：えっ、いいですか。

王　：ええ。

張　：じゃ、何時に　どこで　会いますか。

王　：土曜日の朝　八時に　駅で　会いましょう。

會話代換練習

（請將① ②的語彙，套入____內，進行口語練習。）

〈I〉

王：今週の日曜日　動物園へ　遊びに　行きませんか。

張：ええ、いいですね。

① 公園

② 陽明山

〈II〉

王　：美和さんも　一緒に　行きませんか。

美和：行きたいですが、日曜日は　約束が　あります。

① ミーティング

② 用事

〈III〉

張：何時に　どこで　会いますか。

王：土曜日の朝　八時に　駅で　会いましょう。

① 十時、わたしの家

② 七時半、学校

學習總複習 MP3-1 35 →解答P.199

1. 聽寫練習

（請依照MP3播放的內容，寫出正確的答案。）

① ______________________________

② ______________________________

③ ______________________________

④ ______________________________

⑤ ______________________________

2. 造句

（請依照例文，完成句子。）

例：谷口先生（たにぐちせんせい）／音楽（おんがく）を　聞（き）きます／コーヒーを　飲（の）みます

→ 谷口先生（たにぐちせんせい）は　音楽（おんがく）を　聞（き）きながら、コーヒーを　飲（の）みます。

① 先輩（せんぱい）／歌（うた）います／運転（うんてん）します

____

② 母（はは）／ニュースを　聞（き）きます／料理（りょうり）を　します

____

③ わたしは／テレビを　見（み）ます／宿題（しゅくだい）を　します

____

④ 美和（みわ）さん／張（ちょう）さんと　話（はな）します／ビールを　飲（の）みます

____

⑤ 阿部さん / 彼女の事を　考えます / メールを　書きます

____

3. 完成下列答句-1

（請依照例文所示，寫出適當的答句。）

例：一緒に　行きませんか。（ ○ ）

→　ええ、行きましょう。

例：あなたも　一緒に　行きませんか。（用事が　あります）

→　すみません、用事が　ありますから。

① 一緒に　昼ご飯を　食べませんか。（ ○ ）

→______________________________

② 今晩　一緒に　映画を　見ませんか。（美和さんと　約束が　あります）

→______________________________

③ 来週の日曜日　動物園へ　遊びに　行きませんか。（ ○ ）

→______________________________

④ 一緒に　タクシーで　帰りませんか。（すみません、今日は　残業します）

→______________________________

4. 完成下列答句-2

（請依照例文所示，寫出適當的答句。）

例：阿部さんは　もう　起きましたか。（ ○ ）

→　ええ、もう　起きました。

例：もう　ホテルを　予約しましたか。（これから　予約します）

→　いいえ、まだです。これから　予約します。

① お父さんは　もう　アメリカへ　出張に　行きましたか。（ ○ ）

→＿＿＿＿＿＿＿＿＿＿＿＿＿＿＿＿＿＿＿＿＿＿＿＿

② もう　美和さんに　ノートを　借りましたか。（ ○ ）

→＿＿＿＿＿＿＿＿＿＿＿＿＿＿＿＿＿＿＿＿＿＿＿＿

③ もう　手を　洗いましたか。（これから　洗いに　行きます）

→＿＿＿＿＿＿＿＿＿＿＿＿＿＿＿＿＿＿＿＿＿＿＿＿

④ もう　七時ですね。そろそろ　帰りましょう。（ ○ ）

→＿＿＿＿＿＿＿＿＿＿＿＿＿＿＿＿＿＿＿＿＿＿＿＿

5. 改錯

（請將正確的句子寫於劃線處。）

例：みんな　来ましたね。じゃ、授業を　始めながらです。

→　みんな　来ましたね。じゃ、授業を　始めましょう。

① あの人は　アイスクリームを　食べますながら、歩きます。

→＿＿＿＿＿＿＿＿＿＿＿＿＿＿＿＿＿＿＿＿＿＿＿＿

② もう　デパートで　誕生日のプレゼントを　買いませんか。

→＿＿＿＿＿＿＿＿＿＿＿＿＿＿＿＿＿＿＿＿＿＿＿＿

③ いいえ、まだでした。これから　出します。

→＿＿＿＿＿＿＿＿＿＿＿＿＿＿＿＿＿＿＿＿＿＿＿＿

④ もう　時間(じかん)が　ありませんから、急(いそ)ぎますか。

→＿＿＿＿＿＿＿＿＿＿＿＿＿＿＿＿＿＿＿＿＿＿＿＿＿＿＿＿

⑤ 一緒(いっしょ)に　日本(にほん)へ　行(い)きませんでしたか。

→＿＿＿＿＿＿＿＿＿＿＿＿＿＿＿＿＿＿＿＿＿＿＿＿＿＿＿＿

6. 翻譯練習

（請將下列中文句翻譯成日文句。）

例：要不要去喝咖啡呢？

→ コーヒーを　飲(の)みに　行(い)きませんか。

① 哥哥經常邊喝啤酒，邊看汽車雜誌。

→＿＿＿＿＿＿＿＿＿＿＿＿＿＿＿＿＿＿＿＿＿＿＿＿＿＿＿＿

② 谷口老師已經在學校的餐廳用過餐了。

→＿＿＿＿＿＿＿＿＿＿＿＿＿＿＿＿＿＿＿＿＿＿＿＿＿＿＿＿

③ 已經很晚了，差不多該回宿舍了。

→＿＿＿＿＿＿＿＿＿＿＿＿＿＿＿＿＿＿＿＿＿＿＿＿＿＿＿＿

第十六課（だいじゅうろっか）

美和（みわ）さんは　先生（せんせい）と　話（はな）して　います。

重點提示（動詞て形的活用表現）

1. 美和（みわ）さんは　先生（せんせい）と　話（はな）して　います。（動作進行表現）
2. 先輩（せんぱい）は　台北（タイペイ）に　住（す）んで　います。（狀態持續表現）
3. 少（すこ）し　休（やす）んでも　いいですか。（許可表現）
4. 試験中（しけんちゅう）　辞書（じしょ）を　使（つか）っては　いけません。（禁止表現）

	ます形	て形
I類動詞	習(なら)います	習(なら)って
	持(も)ちます	持(も)って
	帰(かえ)ります	帰(かえ)って
	聞(き)きます	聞(き)いて
	泳(およ)ぎます	泳(およ)いで
	住(す)みます	住(す)んで
	遊(あそ)びます	遊(あそ)んで
	死(し)にます	死(し)んで
	話(はな)します	話(はな)して
	行(い)きます	行(い)って
II類動詞	居(い)ます	居(い)て
	起(お)きます	起(お)きて
	開(あ)けます	開(あ)けて
	教(おし)えます	教(おし)えて
	入(い)れます	入(い)れて
III類動詞	来(き)ます	来(き)て
	します	して
	勉強(べんきょう)します	勉強(べんきょう)して

文型 I MP3-2 02

美和(みわ)さんは　先生(せんせい)と　話(はな)して　います。

学生(がくせい)は　教室(きょうしつ)で　勉強(べんきょう)して　います。

母(はは)は　台所(だいどころ)で　料理(りょうり)を　して　います。

彼女(かのじょ)は　新聞(しんぶん)を　読(よ)んで　います。

わたしは　レポートを　書(か)いて　います。

父(ちち)は　テレビを　見(み)て　います。

張(ちょう)さんは　英語(えいご)の会話(かいわ)を　練習(れんしゅう)して　います。

文型Ⅰ　練習

（請以問答的形式，進行口語練習及代換練習。）

1. 今(いま)　何(なに)を　して　いますか。

　→　宿題(しゅくだい)を　して　います。

2. A：すみません。林先生(りんせんせい)は　どこに　いますか。

　B：今(いま)　教室(きょうしつ)に　います。教室(きょうしつ)で　学生(がくせい)と　話(はな)して　います。

　A：そうですか。

　① 美和(みわ)さん、昼寝(ひるね)して　います

　② 張(ちょう)さん、昼(ひる)ご飯(はん)を　食(た)べて　います

3. A：そろそろ　行(い)きましょう。

　B：張(ちょう)さんは　まだです。

　A：何(なに)を　して　いますか。

　B：切符(きっぷ)を　買(か)って　います。

　① 食(た)べましょう、写真(しゃしん)を　撮(と)って　います

　② 帰(かえ)りましょう、図書館(としょかん)で　本(ほん)を　借(か)りて　います

4. 彼(かれ)は　勉強(べんきょう)して　いますか。

　→　いいえ、今(いま)　公園(こうえん)で　遊(あそ)んで　います。

5. 張(ちょう)さんは　今(いま)　テニスを　して　いますか。

　→　はい、先輩(せんぱい)と　体育館(たいいくかん)で　テニスを　して　います。

文型 II MP3-2 03

先輩（せんぱい）は　台北（タイペイ）に　住（す）んで　います。

美和（みわ）さんは　ワンピースを　着（き）て　います。

先生（せんせい）は　眼鏡（めがね）を　かけて　います。

わたしは　先生（せんせい）の電話番号（でんわばんごう）を　知（し）って　います。

姉（あね）は　結婚（けっこん）して　います。

父（ちち）は　銀行（ぎんこう）で　働（はたら）いて　います。

林先生（りんせんせい）は　車（くるま）を　二台（にだい）　持（も）って　います。

1. すみます ③	住みます	動I	住，居住
2. きます ②	着ます	動II	穿
3. かけます ③		動II	戴（眼鏡）
4. でんわばんごう ④	電話番号	名	電話號碼
5. しります ③	知ります	動I	知道
6. けっこん〔します〕 ⓪	結婚〔します〕	名 動III	結婚
7. はたらきます ⑤	働きます	動I	工作
8. もちます ③	持ちます	動I	拿，擁有

文型II　練習

（請以問答的形式進行口語練習及代換練習。）

1. あなたは　休日(きゅうじつ)　何(なに)を　しますか。

　→　コンビニで　アルバイトを　して　います。

2. A：王(おう)さんのメールアドレスを　知(し)って　いますか。

　B：いいえ、知(し)りません。

　① 住所(じゅうしょ)

　② 彼女(かのじょ)

3. A：お母(かあ)さんは　先生(せんせい)ですね。

　B：ええ、塾(じゅく)で　英語(えいご)を　教(おし)えて　います。あなたのお母(かあ)さんは。

　A：母(はは)は　役所(やくしょ)に　勤(つと)めて　います。

　① 会計学(かいけいがく)、大学(だいがく)

　② 数学(すうがく)、病院(びょういん)

4. 今日(きょう)は　きれいですね。化粧(けしょう)して　いますか。

　→　ええ、これから　デートですから。

語彙

9. きゅうじつ [0]	休日	名	休假日
10. メールアドレス [4]	mail address	名	電子郵件帳號
11. じゅうしょ [1]	住所	名	地址
12. じゅく [1]	塾	名	補習班
13. やくしょ [3]	役所	名	政府機關
14. つとめます [4]	勤めます	動II	工作，上班
15. びょういん [0]	病院	名	醫院
16. けしょう〔します〕[2]	化粧〔します〕	名 動III	化妝

文型 III（MP3-2 04）

少(すこ)し　休(やす)んでも　いいですか。

ここに　座(すわ)っても　いいですか。

図書館(としょかん)で　お弁当(べんとう)を　食(た)べても　いいですか。

映画館(えいがかん)で　タバコを　吸(す)っても　いいですか。

美術館(びじゅつかん)の中(なか)で　写真(しゃしん)を　撮(と)っても　いいですか。

ここで　お酒(さけ)を　飲(の)んでも　いいですか。

荷物(にもつ)を　この席(せき)に　置(お)いても　いいですか。

17. すわります 4	座ります	動I	坐，坐下
18. えいがかん 3	映画館	名	電影院
19. おさけ 0	お酒	名	酒，日本酒
20. にもつ 1	荷物	名	行李
21. おきます 3	置きます	動I	放，放置

文型III　練習

（請以問答的形式進行口語練習及代換練習。）

1. 辞書(じしょ)を　ちょっと　借(か)りても　いいですか。

　→　すみません、今(いま)　使(つか)って　います。

2. あのう、窓(まど)を　開(あ)けても　いいですか。暑(あつ)いですから。

　→　ええ、いいですよ。どうぞ。

　① 窓(まど)を　閉(し)めても、寒(さむ)い

　② クーラーを　つけても、暑(あつ)い

3. 学生(がくせい)：先生(せんせい)、今日(きょう)は　早(はや)く　帰(かえ)っても　いいですか。

　先生(せんせい)：どうしましたか。

　学生(がくせい)：今日(きょう)は　母(はは)の誕生日(たんじょうび)ですから。

　① 用事(ようじ)が　あります

　② 頭(あたま)が　痛(いた)いです

4. 学生(がくせい)：先生(せんせい)、中国語(ちゅうごくご)で　質問(しつもん)しても　いいですか。

　先生(せんせい)：いいですよ。

22. あたま [3][2]　頭　名　頭
23. いたい [2]　痛い　イ形　痛的
24. しつもん〔します〕[0]　質問〔します〕　名 動III　疑問，發問

文型IV MP3-2 05

試験中（しけんちゅう） 辞書（じしょ）を 使（つか）っては いけません。

図書館（としょかん）で 大声（おおごえ）で 話（はな）しては いけません。

工事中（こうじちゅう） 入（はい）っては いけません。

病院（びょういん）で タバコを 吸（す）っては いけません。

ここに ごみを 捨（す）てては いけません。

子供（こども）は お酒（さけ）を 飲（の）んでは いけません。

学校（がっこう）を さぼっては いけません。

語彙

25. ～ちゅう	～中	接尾	～中
26. いけます ③		動II	可以
27. こうじ ①	工事	名	工程，施工
28. はいります ④	入ります	動I	進入
29. ごみ ②		名	垃圾
30. すてます ③	捨てます	動II	丟棄
31. さぼります ④	日語將sabotage（法）簡稱為〔サボ〕之後，動詞化的語彙	動I	偷懶，怠惰，曠職，曠課

文型IV　練習

（請以問答的形式進行口語練習及代換練習。）

1. ここに　車(くるま)を　止(と)めても　いいですか。

　→　いいえ、いけません。あちらに　駐車場(ちゅうしゃじょう)が　ありますよ。

　① ごみを　捨(す)てても、ごみ箱(ばこ)

　② 荷物(にもつ)を　置(お)いても、コインロッカー

2. ここで　タバコを　吸(す)っては　いけません。禁煙(きんえん)ですから。

　→　あっ、すみません。

　① 写真(しゃしん)を　撮(と)っては、撮影禁止(さつえいきんし)

　② 遊(あそ)んでは、危(あぶ)ない

3. 阿部(あべ)：台湾(たいわん)では　高校生(こうこうせい)も　バイクを　運転(うんてん)して　いますね。

　張(ちょう)　：ええ、でも　十八歳未満(じゅうはっさいみまん)の人(ひと)は　バイクを　運転(うんてん)しては　いけません。

　阿部(あべ)：そうですか。

4. A：日曜日(にちようび)は　ごみを　出(だ)しては　いけません。

　B：そうですか。じゃ、明日(あした)は。

　A：明日(あした)は　平日(へいじつ)ですから、ごみを　出(だ)しても　いいです。

語彙

32. とめます 3	止めます	動II	停
33. ちゅうしゃじょう 0	駐車場	名	停車場
34. ごみばこ 3 0	ごみ箱	名	垃圾桶
35. コインロッカー 4	（和）coin-operated locker的省略	名	投幣置物櫃
36. きんえん 0	禁煙	名	禁菸
37. さつえいきんし 0	撮影禁止	名	禁止攝影
38. こうこうせい 3	高校生	名	高中生
39. みまん 1	未満	名	未滿，不足
40. へいじつ 0	平日	名	平日

會話本文 MP3-2 06

何人（なんにん）　家族（かぞく）ですか。

張（ちょう）　：美和（みわ）さんは　何人（なんにん）　家族（かぞく）ですか。

美和（みわ）：四人（よにん）です。

張（ちょう）　：家族（かぞく）は　何（なに）を　して　いますか。

美和（みわ）：父（ちち）は　パソコンの会社（かいしゃ）で　働（はたら）いて　います。母（はは）は　家（うち）で　仕事（しごと）を　して　います。兄（あに）は　郵便局（ゆうびんきょく）に　勤（つと）めて　います。

張（ちょう）　：そうですか。家族（かぞく）は　みんな　東京（とうきょう）に　住（す）んで　いますか。

美和（みわ）：いいえ、大阪（おおさか）です。これは　家族（かぞく）の写真（しゃしん）です。

張（ちょう）　：えっ、いつも　持（も）って　いますか。ちょっと　見（み）ても　いいですか。

美和（みわ）：ええ、どうぞ。

會話代換練習

（請將① ②的語彙，套入＿＿內，進行口語練習。）

〈 I 〉

張(ちょう)　：家族(かぞく)は　何(なに)を　して　いますか。

美和(みわ)：父(ちち)は　パソコンの会社(かいしゃ)で　働(はたら)いて　います。母(はは)は　家(うち)で　仕事(しごと)を　しています。兄(あに)は　郵便局(ゆうびんきょく)に　勤(つと)めて　います。

① 自動車(じどうしゃ)、本屋(ほんや)

② 着物(きもの)、銀行(ぎんこう)

〈 II 〉

美和(みわ)：これは　家族(かぞく)の写真(しゃしん)です。

張(ちょう)　：ちょっと　見(み)ても　いいですか。

美和(みわ)：ええ、どうぞ。

① 新(あたら)しいデジカメ、使(つか)っても

② 日本(にほん)の雑誌(ざっし)、読(よ)んでも

學習總複習 MP3-2 07

→解答P.201

1. 聽寫練習

（請依照MP3播放的內容，寫出正確的答案。）

① ______________________________

② ______________________________

③ ______________________________

④ ______________________________

⑤ ______________________________

2. 完成表格

（請依照例文，完成下列表格。）

動詞ます形	動詞類別	動詞て形
聞(き)きます	I	聞(き)いて
残業(ざんぎょう)します		
話(はな)します		
入(はい)ります		
行(い)きます		
読(よ)みます		
着(き)ます		
勤(つと)めます		
知(し)ります		

3. 完成下列答句-1

（請依照例文所示，寫出適當的答句。）

例：美和(みわ)さんは　何(なに)を　して　いますか。（勉強(べんきょう)します）

→　<u>勉強(べんきょう)して　います。</u>

① 谷口先生(たにぐちせんせい)は　何(なに)を　して　いますか。（学生(がくせい)と　話(はな)します）

→ ______________________________

② お母(かあ)さんは　何(なに)を　して　いますか。（料理(りょうり)を　します）

→ ______________________________

③ 張(ちょう)さんは　部屋(へや)で　何(なに)を　して　いますか。（テレビを　見(み)ます）

→ ______________________________

④ 家族(かぞく)は　どこに　住(す)んで　いますか。（高雄(たかお)）

→ ______________________________

⑤ お父(とう)さんは　塾(じゅく)で　何(なに)を　教(おし)えて　いますか。（数学(すうがく)）

→ ______________________________

⑥ 美和(みわ)さんの電話番号(でんわばんごう)を　知(し)って　いますか。（いいえ）

→ ______________________________

4. 完成下列答句-2

（請依照例文所示，寫出適當的答句。）

例：ちょっと　見(み)ても　いいですか。（○）

→　<u>ええ、いいですよ。どうぞ。</u>

例：ちょっと　見(み)ても　いいですか。　（×）

→　いいえ、見(み)ては　いけません。

① 鉛筆(えんぴつ)で　書(か)いても　いいですか。（×）

→＿＿＿＿＿＿＿＿＿＿＿＿＿＿＿＿＿＿＿＿＿＿＿＿

② 先生(せんせい)、すこし　休(やす)んでも　いいですか。（○）

→＿＿＿＿＿＿＿＿＿＿＿＿＿＿＿＿＿＿＿＿＿＿＿＿

③ ここに　座(すわ)っても　いいですか。（○）

→＿＿＿＿＿＿＿＿＿＿＿＿＿＿＿＿＿＿＿＿＿＿＿＿

④ お母(かあ)さん、この靴(くつ)が　好(す)きですから、買(か)っても　いいですか。（×）

→＿＿＿＿＿＿＿＿＿＿＿＿＿＿＿＿＿＿＿＿＿＿＿＿

⑤ お母(かあ)さん、明日(あした)　美和(みわ)さんの家(うち)へ　遊(あそ)びに　行(い)っても　いいですか。（○）

→＿＿＿＿＿＿＿＿＿＿＿＿＿＿＿＿＿＿＿＿＿＿＿＿

5. 填充

（請於（　）中填入適當的助詞，【　】中填入適當的疑問代名詞。）

例：美和(みわ)さんは　部屋(へや)（　で　）　【　何(なに)　】を　して　いますか。

① ここ（　　　）　荷物(にもつ)（　　　）　置(お)いても　いいですか。

② 先輩(せんぱい)の彼女(かのじょ)は　役所(やくしょ)（　　　）　勤(つと)めて　います。

③ 姉(あね)の彼(かれ)は　自動車(じどうしゃ)の会社(かいしゃ)（　　　）　働(はたら)いて　います。

④ 大声(おおごえ)（　　　）　話(はな)しては　いけません。

⑤ 家族は【　　　】（　　　）　住んで　いますか。

⑥ お父さんは　【　　　】を　着て　いますか。

→　白いシャツを　着て　います。

6. 翻譯練習

（請將下列中文句翻譯成日文句。）

例：考試的時候，不可以說話。

→　試験の時　話しては　いけません。

① 我爸爸在大學教英文。

→＿＿＿＿＿＿＿＿＿＿＿＿＿＿＿＿＿＿＿＿＿＿＿＿＿＿＿＿＿＿

② 學長正在和女朋友吃晚餐。

→＿＿＿＿＿＿＿＿＿＿＿＿＿＿＿＿＿＿＿＿＿＿＿＿＿＿＿＿＿＿

③ 可以一邊開車，一邊使用行動電話嗎？

→＿＿＿＿＿＿＿＿＿＿＿＿＿＿＿＿＿＿＿＿＿＿＿＿＿＿＿＿＿＿

④ 在美術館不可以照相。

→＿＿＿＿＿＿＿＿＿＿＿＿＿＿＿＿＿＿＿＿＿＿＿＿＿＿＿＿＿＿

豆知識

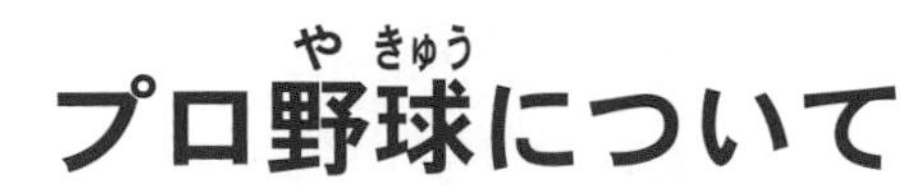

プロ野球について

日本職棒知多少？

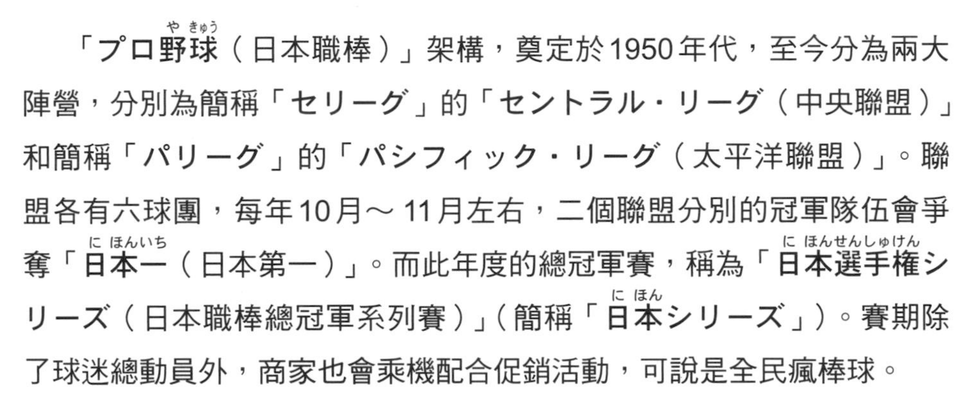

「プロ野球（日本職棒）」架構，奠定於1950年代，至今分為兩大陣營，分別為簡稱「セリーグ」的「セントラル・リーグ（中央聯盟）」和簡稱「パリーグ」的「パシフィック・リーグ（太平洋聯盟）」。聯盟各有六球團，每年10月～11月左右，二個聯盟分別的冠軍隊伍會爭奪「日本一（日本第一）」。而此年度的總冠軍賽，稱為「日本選手権シリーズ（日本職棒總冠軍系列賽）」（簡稱「日本シリーズ」）。賽期除了球迷總動員外，商家也會乘機配合促銷活動，可說是全民瘋棒球。

中央聯盟與太平洋聯盟的球團如下：

セリーグ（中央聯盟）	パリーグ（太平洋聯盟）
読売ジャイアンツ（讀賣巨人）	オリックス・バファローズ（歐力士野牛）
阪神タイガーズ（阪神虎）	福岡ソフトバンクホークス（福岡軟體銀行鷹）
中日ドラゴンズ（中日龍）	北海道日本ハムファイターズ（北海道日本火腿鬥士）
横浜ベイスターズ（橫濱灣星）	千葉ロッテマリーンズ（千葉羅德海洋）
広島東洋カープ（廣島東洋鯉魚）	埼玉西武ライオンズ（埼玉西武獅）
東京ヤクルトスワローズ（東京養樂多燕子）	東北楽天ゴールデンイーグルス（東北樂天金鷹）

第十七課（だいじゅうななか）

晩ご飯を　食べてから、テレビを　見ます。

重點提示

（動詞て形的活用表現，形容詞和名詞句的接續表現）

1. メールアドレスを　教えて　ください。（要求表現）

2. 晩ご飯を　食べてから、テレビを　見ます。
（二個動作的接續表現）

3. 朝　起きて、歯を　磨いて、顔を　洗って、学校へ
行きます。（二個以上動作的接續表現）

4. 大学の勉強は　おもしろくて、楽しいです。
（イ形容詞句的接續表現）
先輩の彼女は　きれいで、親切な人です。
（ナ形容詞句的接續表現）
わたしは　張で、大学生です。（名詞句的接續表現）

文型 I (MP3-2 09)

メールアドレスを　教(おし)え<u>て　ください</u>。

ちょっと　待(ま)って　ください。

もう一度(いちど)　言(い)って　ください。

デパートの前(まえ)に　車(くるま)を　止(と)めて　ください。

家(うち)へ　遊(あそ)びに　来(き)て　ください。

ここに　名前(なまえ)と　住所(じゅうしょ)を　書(か)いて　ください。

もう　時間(じかん)が　ありませんから、急(いそ)いで　ください。

1. まちます 3	待ちます	動I	等待
2. ください 3			（敬語）給我
3. もう 0		副	再，更加
4. いちど 3	一度	名	一次
5. いいます 3	言います	動I	說
6. なまえ 0	名前	名	名字

文型Ⅰ　練習

（請以問答的形式，進行口語練習及代換練習。）

1. すみません、それを　<u>見(み)せて</u>　ください。

　→　はい、どうぞ。

　① 取(と)って

　② 貸(か)して

2. すみません、日本語(にほんご)が　あまり　分(わ)かりませんから、ゆっくり　話(はな)して　ください。

　→　分(わ)かりました。ゆっくり　話(はな)します。

3. A：雨(あめ)ですね。どうしましょう。

　B：<u>傘(かさ)を　貸(か)しましょうか</u>。

　A：いいですか。じゃ、<u>貸(か)して</u>　ください。

　① タクシーを　呼(よ)びましょうか、呼(よ)んで

　② レインコートを　貸(か)しましょうか、貸(か)して

4. 学生(がくせい)：先生(せんせい)、この漢字(かんじ)の書(か)き方(かた)を　教(おし)えて　ください。

　先生(せんせい)：これは　こう　書(か)きます。

語彙

7. みせます ③	見せます	動Ⅱ	給人看，顯示
8. ゆっくり ③		副	慢慢地，充分，充裕
9. よびます ③	呼びます	動Ⅰ	叫，呼喚
10. レインコート ④	raincoat	名	雨衣
11. かきかた ④	書き方	名	寫法
12. ～かた	～方	接尾	～方法
13. こう ⓪		副	如此，這麼

文型 II（MP3-2 10）

晩ご飯(ばんはん)を　食(た)べ<u>てから</u>、テレビを　見(み)ます。

手(て)を　洗(あら)ってから、ご飯(はん)を　食(た)べます。

シャワーを　浴(あ)びてから、寝(ね)ます。

お金(かね)を　入(い)れてから、ボタンを　押(お)します。

電話(でんわ)を　かけてから、友達(ともだち)の家(うち)へ　行(い)きます。

切手(きって)を　貼(は)ってから、手紙(てがみ)を　出(だ)します。

靴(くつ)を　脱(ぬ)いでから、部屋(へや)に　入(はい)ります。

語彙

14. シャワー [1]	shower	名	淋浴
15. あびます [3]	浴びます	動II	淋浴
16. ねます [2]	寝ます	動II	睡覺
17. いれます [3]	入れます	動II	放入，投入
18. ボタン [0]	button	名	釦子，鈕釦，按鈕
19. おします [3]	押します	動I	按，壓
20. きって [0]	切手	名	郵票
21. はります [3]	貼ります	動I	貼，張貼
22. ぬぎます [3]	脱ぎます	動I	脫下，除去

文型 II　練習

（請以問答的形式進行口語練習及代換練習。）

1. いつも　学校へ　来てから、朝ご飯を　食べますか。

　→　いいえ、家で　食べてから、学校へ　来ます。

2. 家へ　帰ってから、すぐ　勉強しますか。

　→　いいえ、晩ご飯を　食べてから、勉強します。

　① お風呂に　入ってから

　② テレビを　見てから

3. A：ミルクを　入れてから、コーヒーを　飲みますか。

　B：ええ、そうですね。わたしは　いつも　砂糖と　ミルクを　入れてから、コーヒーを　飲みます。

4. A：今日は　何時に　家を　出ましたか。

　B：九時半です。洗濯してから、家を　出ました。

　① 掃除して

　② 料理を　して

語彙

23. すぐ 1		副	立刻，馬上
24. おふろ 2	お風呂	名	澡盆，洗澡
25. ミルク 1	milk	名	牛奶
26. さとう 2	砂糖	名	糖，砂糖
27. を		格助	提示離開的助詞
28. でます 2	出ます	動II	出，出去
29. せんたく〔します〕0	洗濯〔します〕	名 動III	洗衣服

文型III MP3-2 11

朝(あさ)　起(お)き<u>て</u>、歯(は)を　磨(みが)<u>いて</u>、顔(かお)を　洗(あら)<u>って</u>、学校(がっこう)へ　行(い)きます。

夜(よる)　家(うち)へ　帰(かえ)って、すこし　休(やす)んで、十時(じゅうじ)まで　勉強(べんきょう)します。

父(ちち)は　朝(あさ)　コーヒーを　飲(の)んで、新聞(しんぶん)を　読(よ)んで、会社(かいしゃ)へ　行(い)きます。

教室(きょうしつ)で　CD(シーディー)を　聞(き)いて、会話(かいわ)の練習(れんしゅう)を　して、宿題(しゅくだい)します。

昨日(きのう)　デパートへ　行って、友達(ともだち)に　会(あ)って、一緒(いっしょ)に　映画(えいが)を　見(み)ました。

彼女(かのじょ)と　食事(しょくじ)を　して、お酒(さけ)を　飲(の)んで、カラオケを　しました。

日曜日(にちようび)は　掃除(そうじ)して、洗濯(せんたく)して、買(か)い物(もの)に　行(い)きました。

30. おきます [3]	起きます	動II	起床
31. は [1]	歯	名	牙齒
32. みがきます [4]	磨きます	動I	刷淨，磨亮
33. かお [0]	顔	名	臉

文型III　練習

（請以問答的形式進行口語練習及代換練習。）

1. 今日(きょう)は　学校(がっこう)で　何(なに)を　しましたか。

　→　講義(こうぎ)を　聞(き)いて、クラスメートと　テニスを　して、レポートを書(か)きました。

2. A：すみません、淡水(たんすい)までは　どうやって　行(い)きますか。

　B：ここから　電車(でんしゃ)に　乗(の)って、台北駅(タイペイえき)で　MRT(エムアールティー)に　乗(の)り換(か)えて、淡水駅(たんすいえき)で降(お)ります。

　① 木柵動物園(ムーツァーどうぶつえん)、木柵動物園駅(ムーツァーどうぶつえんえき)

　② 龍山寺(りゅうざんじ)、龍山寺駅(りゅうざんじえき)

3. あなたは　いつも　朝(あさ)　起(お)きてから、何(なに)を　しますか。

　→　お水(みず)を　飲(の)んで、歯(は)を　磨(みが)いて、顔(かお)を　洗(あら)います。

　① 散歩(さんぽ)して、食事(しょくじ)して、歯(は)を　磨(みが)きます

　② 歯(は)を　磨(みが)いて、シャワーを　浴(あ)びて、ご飯(はん)を　食(た)べます

4. 美和(みわ)：明日(あした)の日曜日(にちようび)は　何(なに)を　しますか。

　張(ちょう)　：朝(あさ)　掃除(そうじ)して、洗濯(せんたく)して、午後(ごご)　買(か)い物(もの)に　行(い)って、夜(よる)　ゆっくり休(やす)みます。

34. は		格助	提示主題內容的助詞
35. どうやって	どう+やって		如何做，怎樣做
36. やります ③	遣ります	動I	做
37. のりかえます ⑤	乗り換えます	動II	轉乘
38. おります ③	降ります	動II	下車

文型IV MP3-2 12

大学(だいがく)の勉強(べんきょう)は　おもしろくて、楽(たの)しいです。

先輩(せんぱい)の彼女(かのじょ)は　きれいで、親切(しんせつ)な人(ひと)です。

わたしは　張(ちょう)で、大学生(だいがくせい)です。

このお菓子(かし)は　甘(あま)くて、おいしいです。

兄(あに)の新(あたら)しいカメラは　小(ち)さくて、軽(かる)いです。

元気大学(げんきだいがく)は　有名(ゆうめい)で、いい学校(がっこう)です。

日本語(にほんご)の先生(せんせい)は　きれいで、優(やさ)しいです。

わたしは　大学生(だいがくせい)で、二十歳(はたち)です。

美和(みわ)さんは　日本人(にほんじん)で、交換留学生(こうかんりゅうがくせい)です。

39. あまい 0	甘い	イ形	甜的
40. かるい 0	軽い	イ形	輕的
41. だいがくせい 4	大学生	名	大學生

文型IV　練習

（請以問答的形式進行口語練習及代換練習。）

1. 美和：高雄は　どんな所ですか。

   王　：暑くて、にぎやかな所です。

   ① 渓頭、涼しくて、きれいな

   ② 台南、古くて、静かな

2. A：張さんの彼を　知って　いますか。

   B：ええ、知って　います。

   A：どんな人ですか。

   B：ハンサムで、優しくて、明るい人です。

   ① お父さん、背が　高くて、おもしろくて、元気な

   ② お姉さん、きれいで、優しくて、静かな

   お父さん：父親

3. あの人は　誰ですか。

   → 阿部さんです。日本からの交換留学生で、わたしの先輩です。

4. わたしは　林で、日本語の先生です。どうぞ　よろしく。

   → こちらこそ、よろしく。

42. シートウ ⓪	渓頭	名	溪頭
43. おねえさん ②	お姉さん	名	姊姊

會話本文 MP3-2 13

中国語(ちゅうごくご)の勉強(べんきょう)は　難(むずか)しいです。

王(おう)　：美和(みわ)さんは　台湾(たいわん)へ　来(き)てから、中国語(ちゅうごくご)を　勉強(べんきょう)しましたか。

美和(みわ)：いいえ、日本(にほん)で　半年(はんとし)　勉強(べんきょう)しました。

張(ちょう)　：中国語(ちゅうごくご)の勉強(べんきょう)は　難(むずか)しいですか。

美和(みわ)：ええ、難(むずか)しいです。

　　　漢字(かんじ)が　多(おお)くて、書(か)き方(かた)が　難(むずか)しくて、日本語(にほんご)より　たいへんです。

王(おう)　：台湾(たいわん)の生活(せいかつ)は　どうですか。

美和(みわ)：台湾人(たいわんじん)は　親切(しんせつ)で、食(た)べ物(もの)が　おいしくて、台湾(たいわん)が　好(す)きです。

　　　わたしは　台湾語(たいわんご)も　習(なら)いたいです。

張(ちょう)　：じゃ、教(おし)えましょうか。

美和(みわ)：本当(ほんとう)ですか。ありがとう　ございます。

會話代換練習

（請將① ②的語彙，套入____內，進行口語練習。）

〈I〉

張　：中国語の勉強は　難しいですか。

美和：ええ、難しくて、日本語より　大変です。

① 英語

② フランス語

〈II〉

王　：台湾の生活は　どうですか。

美和：台湾人は　親切で、食べ物が　おいしくて、台湾が　好きです。

① 日本、日本人、日本料理、日本

② 大学、クラスメート、食堂の食べ物、大学

學習總複習 MP3-2 14 →解答P.202

1. 聽寫練習

（請依照MP3播放的內容，寫出正確的答案。）

① ______________________________

② ______________________________

③ ______________________________

④ ______________________________

⑤ ______________________________

2. 選擇填充

（請依照文意，從以下動詞中選出正確者，且變換成「～てください」的形態於空格中。）

a.入（はい）ります　b.見（み）せます　c.教（おし）えます　d.言（い）います

e.貸（か）します　f.借（か）ります　g.消（け）します　h.来（き）ます

例：その時計（とけい）を　ちょっと　（　見せて　ください　）。

① すみませんが、電話番号（でんわばんごう）を　（　　　　　　　　）。

② すみませんが、雨（あめ）ですから　傘（かさ）を　（　　　　　　　　）。

③ 日本語（にほんご）が　あまり　分（わ）かりませんから、ゆっくり　（　　　　　　　　）。

④ 寒（さむ）いですから、クーラーを　（　　　　　　　　）。

⑤ これから　授業ですよ。早く　教室に　（　　　　　　　　　　）。

⑥ 来週　遊びに　（　　　　　　　　　　）ね。

3. 完成下列答句

（請依照例文所示，寫出適當的答句。）

例：食事を　してから、何を　しますか。（テレビを　見ます）

→ 食事を　してから、テレビを　見ます。

① 荷物を　持ちましょうか。（はい、一つ　持ちます）

→＿＿＿＿＿＿＿＿＿＿＿＿＿＿＿＿＿＿＿＿＿＿＿＿＿＿＿＿

② 美和さんは　どんな人ですか。（やさしい / きれいな人）

→＿＿＿＿＿＿＿＿＿＿＿＿＿＿＿＿＿＿＿＿＿＿＿＿＿＿＿＿

③ これから、何を　しますか。（プレゼントを　買います / 家へ　帰ります）

→＿＿＿＿＿＿＿＿＿＿＿＿＿＿＿＿＿＿＿＿＿＿＿＿＿＿＿＿

④ あなたは　家へ　帰ってから　いつも　何を　しますか。（すこし　休みます / お風呂に　入ります）

→＿＿＿＿＿＿＿＿＿＿＿＿＿＿＿＿＿＿＿＿＿＿＿＿＿＿＿＿

⑤ すみません、木柵動物園までは　どうやって　行きますか。（ここから　電車に　乗ります / 台北駅で　ＭＲＴに　乗り換えます / 木柵動物園駅で　降ります）

→＿＿＿＿＿＿＿＿＿＿＿＿＿＿＿＿＿＿＿＿＿＿＿＿＿＿＿＿

4. 填充

（請於（　）中填入適當的助詞，【　】中填入適當的疑問代名詞。）

例：すみません、【　どこ　】で　降(お)りますか。

→　台北駅(タイペイえき)（　で　）　降(お)りて　ください。

例：木柵動物園(ムーツァーどうぶつえん)へ　行(い)きます。【　どこ　】で　降(お)りますか。

→　木柵動物園駅(ムーツァーどうぶつえんえき)（　で　）　降(お)りて　ください。

① ここ（　　　）　名前(なまえ)を　書(か)いて　ください

② 日本語(にほんご)の勉強(べんきょう)は　【　　　】ですか。

→　おもしろくて、楽(たの)しいです。

③ ミルク（　　　）　入(い)れてから、コーヒーを　飲(の)みます。

④ 陽明山(ようめいざん)までは　どうやって　行(い)きますか。

→　ここから　電車(でんしゃ)（　　　）　乗(の)って、台北駅(タイペイえき)（　　　）　降(お)りて、

バス（　　　）　乗(の)り換(か)えます。

⑤ わたしは　毎朝七時(まいあさしちじ)（　　　）　家(うち)（　　　）　出(で)て、会社(かいしゃ)へ　行(い)きます。

⑥ 昼(ひる)　買(か)い物(もの)（　　　）　行(い)って、夜(よる)　ゆっくり　休(やす)みます。

5. 改錯

（請將正確的句子寫於劃線處。）

例：歯(は)を　磨(みが)いてから、顔(かお)を　洗(あら)ってます。→　歯(は)を　磨(みが)いてから、顔(かお)を　洗(あら)います。

① 谷口先生(たにぐちせんせい)は　日本人(にほんじん)です、元気大学(げんきだいがく)の先生(せんせい)です。

→＿＿＿＿＿＿＿＿＿＿＿＿＿＿＿＿＿＿＿＿＿＿＿＿

② 台北(タイペイ)は　便利(べんり)くて、にぎやかの町(まち)です。

→＿＿＿＿＿＿＿＿＿＿＿＿＿＿＿＿＿＿＿＿＿＿＿＿＿＿

③ 先輩(せんぱい)は　背(せ)が　高(たか)い、優(やさ)しいで、真面目(まじめ)な人(ひと)です。

→＿＿＿＿＿＿＿＿＿＿＿＿＿＿＿＿＿＿＿＿＿＿＿＿＿＿

④ 靴(くつ)を　脱(ぬ)いてから、部屋(へや)を　入(はい)ります。

→＿＿＿＿＿＿＿＿＿＿＿＿＿＿＿＿＿＿＿＿＿＿＿＿＿＿

⑤ 昨日(きのう)　友達(ともだち)の家(うち)へ　遊(あそ)びに　行(い)きます、一緒(いっしょ)に　食事(しょくじ)を　します、それから
映画(えいが)を　見(み)ます。

→＿＿＿＿＿＿＿＿＿＿＿＿＿＿＿＿＿＿＿＿＿＿＿＿＿＿

6. 翻譯練習

（請將下列日文句翻譯成中文句，或將中文句翻譯成日文句。）

例1：教室(きょうしつ)で　CD(シーディー)を　聞(き)いて、会話(かいわ)の練習(れんしゅう)を　して、宿題(しゅくだい)します。

→　在教室聽CD，作會話練習，然後寫作業。

例2：請好好休息。　→　ゆっくり　休(やす)んで　ください。

① 美和(みわ)さんの　お父(とう)さんは　ハンサムで、優(やさ)しくて、明(あか)るい人(ひと)です。

→＿＿＿＿＿＿＿＿＿＿＿＿＿＿＿＿＿＿＿＿＿＿＿＿＿＿

② 毎朝(まいあさ)　コンビニで　パンを　買(か)って、バスに　乗(の)って　学校(がっこう)へ　行(い)きます。

→＿＿＿＿＿＿＿＿＿＿＿＿＿＿＿＿＿＿＿＿＿＿＿＿＿＿

③ 張文惠同學是台灣人，是元氣大學的學生。

→＿＿＿＿＿＿＿＿＿＿＿＿＿＿＿＿＿＿＿＿＿＿＿＿＿＿

④ 我洗完澡後看報紙，接著唸書到十一點鐘為止。

→＿＿＿＿＿＿＿＿＿＿＿＿＿＿＿＿＿＿＿＿＿＿＿＿＿＿

第十八課（だいじゅうはっか）

重點提示（動詞た形的活用表現）

1. わたしは　日本（にほん）へ　行（い）ったことが　あります。
（經驗表現）

2. 日曜日（にちようび）　掃除（そうじ）したり、映画（えいが）を　見（み）たり　します。
（動作列舉表現）

3. テレビを　見（み）た後（あと）（で）、シャワーを　浴（あ）びます。
（動作接續表現）

4. 先生（せんせい）に　聞（き）いたほうが　いいです。（勸告表現）

	ます形	た形
I類動詞	笑(わら)います	笑(わら)った
	持(も)ちます	持(も)った
	さぼります	さぼった
	泣(な)きます	泣(な)いた
	泳(およ)ぎます	泳(およ)いだ
	読(よ)みます	読(よ)んだ
	呼(よ)びます	呼(よ)んだ
	死(し)にます	死(し)んだ
	貸(か)します	貸(か)した
	行(い)きます	行(い)った
II類動詞	降(お)ります	降(お)りた
	浴(あ)びます	浴(あ)びた
	見(み)ます	見(み)た
	食(た)べます	食(た)べた
	乗(の)せます	乗(の)せた
	受(う)けます	受(う)けた
III類動詞	来(き)ます	来(き)た
	します	した
	掃除(そうじ)します	掃除(そうじ)した

文型 I MP3-2 16

わたしは　日本（にほん）へ　行（い）ったことが　あります。

学校（がっこう）を　さぼったことが　あります。

日本（にほん）の小説（しょうせつ）を　読（よ）んだことが　あります。

日本（にほん）で　一回（いっかい）　相撲（すもう）を　見（み）たことが　あります。

台湾新幹線（たいわんしんかんせん）に　乗（の）ったことが　ありません。

玉山（ぎょくさん）に　登（のぼ）ったことが　ありません。

スキーを　したことが　ありません。

1. しょうせつ 0	小説	名	小說
2. いっかい 3	一回	名	一次，一回
3. ～かい	～回	接尾	回（數），次（數）
4. すもう 0	相撲	名	相撲
5. のぼります 4	登ります	動I	爬，登
6. スキー〔します〕2	ski〔します〕	名 動III	滑雪

文型 I　練習

（請以問答的形式，進行口語練習及代換練習。）

1. あなたは　日本へ　行ったことが　ありますか。

　→　いいえ、ありません。ぜひ　行きたいです。

2. 刺身を　食べたことが　ありますか。

　→　ええ、あります。とても　おいしかったです。

3. 美和：日本の<u>歌舞伎</u>を　知って　いますか。

　張　：はい、知って　います。でも、まだ　見たことが　ありません。

　① 相撲

　② 浮世絵

4. 『<u>桃太郎</u>』の話を　聞いたことが　ありますか。

　→　はい、とても　おもしろい物語ですね。

　① 鶴の恩返し

　② 浦島太郎

7. ぜひ 1	是非	副	務必，一定
8. かぶき 0	歌舞伎	名	歌舞伎
9. うきよえ 0	浮世絵	名	浮世繪
10. ももたろう 2	桃太郎	名	桃太郎
11. はなし 3	話	名	話題，談話，故事
12. ものがたり 3	物語	名	故事
13. つるのおんがえし	鶴の恩返し	名	鶴的報恩（書名）
14. うらしまたろう	浦島太郎	名	浦島太郎（書名）

文型Ⅱ MP3-2 17

日曜日　掃除したり、
映画を　見たり　します。

教室で　ノートを　とったり、会話の練習を　したり　します。

休日　家族と　買い物したり、食事したり　します。

兄は　会社で　書類を　書いたり、お客さんと　会ったり　します。

昨日の夜　彼女に　電話を　かけたり、手紙を　書いたり　しました。

友達の家で　飲んだり、話したり　しました。

夏休みに　アルバイトしたり、勉強したり　しました。

15. しょるい 0	書類	名	文書，文件
16. おきゃくさん 0	お客さん	名	客人

文型Ⅱ　練習

（請以問答的形式進行口語練習及代換練習。）

1. お母さんは　家で　何を　しますか。

   → 母は　家で　料理を　したり、掃除を　したり　します。

2. A：学校で　何を　しますか。

   B：勉強したり、運動したり　します。

   ① 教室、講義したり、レポートを　書いたり

   ② 体育館、テニスを　したり、バスケットボールを　したり

3. 昨日のパーティーは　どうでしたか。

   → とても　楽しかったです。みんなと　一緒に　歌ったり、飲んだり　しました。

   ① 部活、話したり、練習したり

   ② 運動会、走ったり、遊んだり

4. A：日曜日　何を　しましたか。

   B：雑誌を　読んだり、音楽を　聞いたり　しました。あなたは。

   A：わたしは　何も　しませんでした。ずっと　寝て　いました。

17. うんどう〔します〕0	運動〔します〕	名 動Ⅲ	運動，做運動
18. うんどうかい 3	運動会	名	運動會
19. はしります 4	走ります	動Ⅰ	跑步
20. ずっと 0		副	一直，長時間

文型III MP3-2 18

テレビを　見(み)た後(あと)（で）、
シャワーを　浴(あ)びます。

両親(りょうしん)と　相談(そうだん)した後(あと)（で）、決(き)めます。

よく　考(かんが)えた後(あと)（で）、返事(へんじ)します。

走(はし)った後(あと)（で）、お水(みず)を　たくさん　飲(の)みます。

日本(にほん)へ　行(い)った後(あと)（で）、彼(かれ)と　知(し)り合(あ)いました。

食事(しょくじ)の後(あと)（で）、歯(は)を　磨(みが)きます。

仕事(しごと)の後(あと)（で）、ビールを　飲(の)みましょう。

21. あと 1	後	名	之後
22. で		格助	提示時間期限的助詞
23. りょうしん 1	両親	名	雙親
24. そうだん〔します〕0	相談〔します〕	名 動III	商量
25. きめます 3	決めます	動II	決定
26. へんじ〔します〕3	返事〔します〕	名 動III	回話，回信
27. しりあいます 5	知り合います	動I	相識，認識

文型III　練習

（請以問答的形式進行口語練習及代換練習。）

1. 食事の後（で）、この薬を　飲んで　ください。

　→　はい、分かりました。

2. 家へ　帰った後（で）、何を　しますか。

　→　すこし　休んだ後（で）、<u>勉強します</u>。

　① ご飯を　食べます。

　② ジョギングに　行きます。

3. 王　：朝　着替えた後（で）、朝食を　食べますか。

　美和：ええ、わたしは　いつも　着替えた後（で）、食べます。あなたは。

　王　：わたしは　朝ご飯を　食べてから、着替えます。

4. お風呂に　入った後（で）、寝ますか。

　→　いいえ、いつも　<u>夜食を　食べた</u>後（で）、寝ます。

　① テレビを　見た

　② ヨガを　した

28. くすり 0	薬	名	藥
29. ジョギング〔します〕0	jogging〔します〕	名 動III	慢跑
30. きがえます 4	着替えます	動II	換衣服
31. ちょうしょく 0	朝食	名	早餐
32. やしょく 0	夜食	名	宵夜
33. ヨガ〔します〕1	（梵）yoga〔します〕	名 動III	瑜珈

文型IV MP3-2 19

先生(せんせい)に　聞(き)いたほうが　いいです。

英語(えいご)と　日本語(にほんご)を　勉強(べんきょう)したほうが　いいです。

すぐ　家族(かぞく)に　知(し)らせたほうが　いいです。

朝(あさ)ご飯(はん)を　食(た)べたほうが　いいです。

病気(びょうき)の時(とき)は　病院(びょういん)へ　行(い)ったほうが　いいです。

学生時代(がくせいじだい)に　いろいろな　免許(めんきょ)を　取(と)ったほうが　いいです。

もう　遅(おそ)いですから、早(はや)く　帰(かえ)ったほうが　いいです。

34. ききます [3]	聞きます	動I	詢問，聽從
35. しらせます [4]	知らせます	動II	通知
36. びょうき [0]	病気	名	生病
37. がくせいじだい [5]	学生時代	名	學生時期
38. めんきょ [1]	免許	名	許可，證照

文型IV　練習

（請以問答的形式進行口語練習及代換練習。）

1. 日本語能力試験は　難しいですか。

　→　難しいですが、受けたほうが　いいですよ。役に　立ちますから。

2. 母　：曇って　います。傘を　持って　行ったほうが　いいですよ。

　子供：そうですか。じゃ、そうします。

3. 今日は　頭が　痛いです。

　→　じゃ、休んだほうが　いいですね。

　① お腹、帰った

　② 歯、病院へ　行った

4. 阿部：暗いですね。電気を　つけたほうが　いいですよ。

　美和：そうですね。つけましょう。

　① 寒い、コートを　着た、着ましょう

　② 暑い、クーラーを　つけた、つけましょう

39. にほんごのうりょくしけん 9	日本語能力試験	名	日本語能力測驗
40. うけます 3	受けます	動II	接受
41. やくにたちます	役に立ちます		有用，實用
42. くもります 4	曇ります	動I	（天）陰，朦朧
43. おなか 0	お腹	名	肚子
44. でんき 1	電気	名	電燈
45. コート 1	coat	名	大衣

會話本文 MP3-2 20

カラオケパーティーは　にぎやかでした。

阿部（あべ）：昨日（きのう）のパーティーは　本当（ほんとう）に　楽（たの）しかったですね。

張（ちょう）：えっ、何（なん）のパーティーですか。

王（おう）：カラオケパーティーです。食（た）べたり、飲（の）んだり、歌（うた）ったり　して、

とても　にぎやかでしたよ。

張（ちょう）：そうですか。わたしは　知（し）りませんでした。

どこで　パーティーを　しましたか。

美和（みわ）：駅（えき）の近（ちか）くのレストランです。

張（ちょう）：ああ、あそこですか。わたしも　行（い）ったことが　あります。

素敵（すてき）な店（みせ）ですよね。

阿部（あべ）：ええ、でも　台湾（たいわん）の歌（うた）は　難（むずか）しくて……。

王（おう）：わたしが　教（おし）えましょうか。

阿部（あべ）：ええ、いいですか。じゃ、お願（ねが）いします。

美和（みわ）：わたしにも　教（おし）えて　ください。

張（ちょう）：じゃ、日曜日（にちようび）　もう　一度（いちど）　行（い）きましょう。

王（おう）、阿部（あべ）、美和（みわ）：はい、行（い）きましょう。

會話代換練習

（請將① ②的語彙，套入____內，進行口語練習。）

〈I〉

阿部(あべ)：昨日(きのう)のパーティーは　本当(ほんとう)に　楽(たの)しかったですね。

王(おう)　：食(た)べたり、飲(の)んだり、歌(うた)ったり　して、

とても　にぎやかでしたよ。

① 部活(ぶかつ)、話(はな)したり

② 運動会(うんどうかい)、遊(あそ)んだり

〈II〉

美和(みわ)：駅(えき)の近(ちか)くのレストランです。

張(ちょう)　：わたしも　行(い)ったことが　あります。素敵(すてき)な店(みせ)ですね。

① 食堂(しょくどう)、おいしい

② 喫茶店(きっさてん)、安(やす)くて、きれいな

學習總複習 MP3-2 21 →解答P.204

1. 聽寫練習

（請依照MP3播放的內容，寫出正確的答案。）

① ____

② ____

③ ____

④ ____

⑤ ____

2. 完成表格

（請依照例文，完成下列表格。）

動詞ます形	動詞類別	動詞た形
登（のぼ）ります	I	登（のぼ）った
受（う）けます		
行（い）きます		
講義（こうぎ）します		
座（すわ）ります		
来（き）ます		
着（き）ます		
遊（あそ）びます		
置（お）きます		

3. 回答問題

（請從以下文型中選擇其一，完成對話。）

例：歌舞伎(かぶき)を　見(み)たことが　ありますか。

→ いいえ、見(み)たことが　ありません。

～たことが　あります
～たり　～たり　します
～たほうが　いいです
～ては　いけません
～ましょう

① 休(やす)みの日(ひ)に　どんなことを　しましたか。（洗濯(せんたく)します / 買(か)い物(もの)します）

→ ______

② 残業(ざんぎょう)した後(あと)（で）　一緒(いっしょ)に　飲(の)みに　行(い)きませんか。

→ ______

③ お酒(さけ)を　飲(の)んだ後(あと)で、運転(うんてん)してもいいですか。

→ ______

④ お腹(なか)が　痛(いた)いです。（病院(びょういん)へ　行(い)きます）

→ ______

4. 填充

（請於（　）中填入適當的助詞，【　】中填入適當的疑問代名詞。）

例：【 誰(だれ) 】（ に ）　聞(き)いたほうが　いいですか。

→ 先生(せんせい)に　聞(き)いたほうが　いいです。

① すぐ　先生（　　　）　知らせたほうが　いいです。

② 昨日　学校（　　　）　パーティー（　　　）ありました。

パーティー（　　　）　食べたり　歌ったり　して　楽しかったです。

③ この日本語の雑誌は　たいへん　役（　　　）　立ちますよ。

④【　　　】　決めますか。

→　両親（　　　）　相談した後（で）、決めます。

⑤ 昨日の夜　彼女（　　　）　電話を　かけたり、メールを　書いたり

しました。

⑥ 玉山（　　　）　登ったこと（　　　）　ありません。

⑦ ご飯（　　　）後で、散歩に　行きませんか。

5. 改錯

（請將正確的句子寫於劃線處。）

例：病院へ　行くほうが　いいですよ。

→　病院へ　行ったほうが　いいです。

① 日本へ　勉強に　行ったことが　ありました。

→＿＿＿＿＿＿＿＿＿＿＿＿＿＿＿＿＿＿＿＿＿＿＿＿＿＿＿＿

② 昨日　友達と　飲みたり、話したり　して　楽しかったです。

→＿＿＿＿＿＿＿＿＿＿＿＿＿＿＿＿＿＿＿＿＿＿＿＿＿＿＿＿

③ 家へ　帰りますの後（で）、何を　しますか。

→＿＿＿＿＿＿＿＿＿＿＿＿＿＿＿＿＿＿＿＿＿＿＿＿＿＿＿＿＿＿

④ 速く　家族を　知らせるほうが　いいですよ。

→＿＿＿＿＿＿＿＿＿＿＿＿＿＿＿＿＿＿＿＿＿＿＿＿＿＿＿＿＿＿

⑤ わたしは　日本語を　勉強することが　ありません。

→＿＿＿＿＿＿＿＿＿＿＿＿＿＿＿＿＿＿＿＿＿＿＿＿＿＿＿＿＿＿

6. 翻譯練習

（請將下列日文句翻譯成中文句，或將中文句翻譯成日文句。）

例1：傘を　持って　行ったほうが　いいです。

→　帶雨傘去比較好。

例2：在暑假期間唸書呀、旅行呀等等。

→　夏休みに　勉強したり　旅行したり　しました。

① 昨日のパーティーは　みんなと　一緒に　歌ったり　飲んだり　しました。

→＿＿＿＿＿＿＿＿＿＿＿＿＿＿＿＿＿＿＿＿＿＿＿＿＿＿＿＿＿＿

② 毎朝　朝ご飯を　食べたほうが　いいです。

→＿＿＿＿＿＿＿＿＿＿＿＿＿＿＿＿＿＿＿＿＿＿＿＿＿＿＿＿＿＿

③ 你曾經在尾牙上唱過歌嗎？

→＿＿＿＿＿＿＿＿＿＿＿＿＿＿＿＿＿＿＿＿＿＿＿＿＿＿＿＿＿＿

④ 媽媽在家總是看電視、聽音樂、做菜等等。

→＿＿＿＿＿＿＿＿＿＿＿＿＿＿＿＿＿＿＿＿＿＿＿＿＿＿＿＿＿＿

第十九課（だいじゅうきゅうか）

学生（がくせい）は　勉強（べんきょう）しなければ

なりません。

重點提示（動詞ない形的活用表現）

1. 心配（しんぱい）しないで　ください。（要求表現）
2. 学生（がくせい）は　勉強（べんきょう）しなければ　なりません。（義務表現）
3. 辞書（じしょ）を　買（か）わなくても　いいです。（非義務表現）
4. 夜食（やしょく）を　食（た）べないほうが　いいです。（勸告表現）

	ます形	ない形
I類動詞	買(か)います	買(か)わない
	待(ま)ちます	待(ま)たない
	帰(かえ)ります	帰(かえ)らない
	書(か)きます	書(か)かない
	急(いそ)ぎます	急(いそ)がない
	休(やす)みます	休(やす)まない
	呼(よ)びます	呼(よ)ばない
	死(し)にます	死(し)なない
	貸(か)します	貸(か)さない

	ます形	ない形
II類動詞	起(お)きます	起(お)きない
	借(か)ります	借(か)りない
	見(み)ます	見(み)ない
	忘(わす)れます	忘(わす)れない
	つけます	つけない
III類動詞	来(き)ます	来(こ)ない
	します	しない
	心配(しんぱい)します	心配(しんぱい)しない

文型Ⅰ MP3-2 23

心配（しんぱい）しないで　ください。

忘（わす）れないで　ください。

邪魔（じゃま）しないで　ください。

先生（せんせい）に　言（い）わないで　ください。

ここに　止（と）めないで　ください。

試験中（しけんちゅう）　話（はな）さないで　ください。

遅（おそ）くまで　ネットを　しないで　ください。

1. しんぱい〔します〕0	心配〔します〕	名 動Ⅲ	擔心
2. わすれます 4	忘れます	動Ⅱ	忘記，遺忘
3. じゃま〔します〕0	邪魔〔します〕	名 動Ⅲ	妨礙，打攪
4. おそく 0	遅く	副	遲的，晚的
5. ネット〔します〕0	（和）internet〔します〕的省略	名 動Ⅲ	網路，上網

文型Ⅰ　練習

（請以問答的形式，進行口語練習及代換練習。）

1. 先生：王君、起きて　ください。講義中　居眠りしないで　ください。

   王君：どうも　すみません。

2. ここは　禁煙ですから、タバコを　吸わないで　ください。

   →　すみません。すぐ　消します。

3. 先生：また　遅刻ですね。

   学生：すみません。

   先生：明日は　試験ですから、遅れないで　ください。

   学生：はい。

   ① 見学

   ② ミーティング

4. 先輩：教室で　騒がないで　ください。

   後輩：はい、気を　つけます。

   ① 図書館、大声で　話さないで

   ② 部室、食べたり、飲んだり　しないで

6. いねむり〔します〕③	居眠り〔します〕	名 動Ⅲ	打盹，瞌睡
7. また ②	又	副	再，又
8. おくれます ④	遅れます	動Ⅱ	遲，慢
9. けんがく〔します〕⓪	見学〔します〕	名 動Ⅲ	參觀，訪問
10. さわぎます ④	騒ぎます	動Ⅰ	吵鬧，喧嘩
11. きをつけます	気をつけます		注意，小心

文型 II (MP3-2 24)

学生（がくせい）は　勉強（べんきょう）しなければ　なりません。

宿題（しゅくだい）を　しなければ　なりません。

TOEIC（トイック）を　受（う）けなければ　なりません。

学校（がっこう）へ　行（い）かなければ　なりません。

社会（しゃかい）のルールを　守（まも）らなければ　なりません。

国民（こくみん）は　税金（ぜいきん）を　納（おさ）めなければ　なりません。

ヘルメットを　かぶらなければ　なりません。

語彙

12. トイック 1	TOEIC	名	多益測驗
13. しゃかい 1	社会	名	社會
14. ルール 1	rule	名	規則，章程
15. まもります 4	守ります	動I	遵守，守護
16. こくみん 0	国民	名	國民
17. ぜいきん 0	税金	名	稅款
18. おさめます 4	納めます	動II	繳納
19. ヘルメット 1 3	helmet	名	頭盔，安全帽
20. かぶります 4	被ります	動I	戴

文型 II　練習

（請以問答的形式進行口語練習及代換練習。）

1. 毎日　学校へ　行きますか。

　→　ええ、月曜日から　金曜日までは　学校へ　行かなければ　なりません。

2. A：レポートの締め切りは　いつですか。

　B：今日です。五時までに　出さなければ　なりませんよ。

　A：えっ、そうですか。

　① 願書

　② 宿題

3. 今晩　一緒に　カラオケしませんか。

　→　すみません。明日　試験がありますから、今晩は　勉強しなければ　なりません。

　① 買い物、面接、準備

　② 食事、部活、練習

4. 医者：風邪ですね。

　病人：薬を　飲まなければ　なりませんか。

　医者：ええ、薬を　飲んで、ゆっくり　休んで　ください。

　　　　今晩は　お風呂に　入らないで　ください。

　病人：分かりました。

語彙

21. しめきり 0	締め切り	名	截止
22. までに	まで＋に		在～之前（提示時間的期限）
23. がんしょ 1	願書	名	申請書
24. めんせつ〔します〕0	面接〔します〕	名 動III	面試
25. じゅんび〔します〕1	準備〔します〕	名 動III	準備
26. いしゃ 0	医者	名	醫生
27. びょうにん 0	病人	名	病人
28. かぜ 0	風邪	名	感冒

文型III (MP3-2 25)

辞書(じしょ)を　買(か)わ**なくても　いいです**。

住所(じゅうしょ)を　書(か)かなくても　いいです。

ビザを　取(と)らなくても　いいです。

休日(きゅうじつ)　早(はや)く　起(お)きなくても　いいです。

それ、あげますから、返(かえ)さなくても　いいです。

土曜日(どようび)と　日曜日(にちようび)は　学校(がっこう)へ　行(い)かなくても　いいです。

もう　治(なお)りましたから、薬(くすり)を　飲(の)まなくても　いいです。

29. ビザ [1]	visa	名	簽證
30. かえします [4]	返します	動I	還，返還
31. なおります [4]	治ります	動I	痊癒

文型Ⅲ　練習

（請以問答的形式進行口語練習及代換練習。）

1. 王：家で　<u>家事</u>を　手伝わなくても　いいですか。

   張：いいえ、手伝わなければ　なりません。母も　仕事を　していますから。

   ① 掃除

   ② 料理

2. A：来月　日本へ　遊びに　行きますから、パスポートを　取らなければ　なりません。

   B：ビザは　どうしますか。

   A：日本は　ノービザですから、ビザを　取らなくても　いいです。

3. 学生：この言葉を　覚えなくても　いいですか。

   先生：いいえ、覚えなければ　なりません。

4. 美和：阿部さんに　<u>電話を　かけなくても</u>　いいですよ。

   もう　メールで　連絡しましたから。

   張　：そうですか。ありがとう　ございます。

   ① 話さなくても

   ② 知らせなくても

32. かじ 1	家事	名	家事
33. てつだいます 5	手伝います	動Ⅰ	幫忙
34. パスポート 3	passport	名	護照
35. ノービザ 0 3	no visa	名	免簽證
36. おぼえます 4	覚えます	動Ⅱ	記住，記憶
37. れんらく〔します〕 0	連絡〔します〕	名 動Ⅲ	聯絡

文型IV MP3-2 26

夜食（やしょく）を　食（た）べないほうが　いいです。

徹夜（てつや）しないほうが　いいです。

一人（ひとり）で　決（き）めないほうが　いいです。

夜（よる）　遅（おそ）くまで　外（そと）に　いないほうが　いいです。

その事（こと）は　人（ひと）に　言（い）わないほうが　いいです。

変（へん）な所（ところ）で　アルバイトしないほうが　いいです。

渋滞（じゅうたい）しますから、車（くるま）で　行（い）かないほうが　いいです。

語彙

38. てつや〔します〕0	徹夜〔します〕	名 動III	徹夜，通宵
39. で		格助	提示狀態的助詞
40. そと 1	外	名	外，外面
41. へん〔な〕1	変〔な〕	ナ形 名	奇怪（的）
42. じゅうたい〔します〕0	渋滞〔します〕	名 動III	塞車

文型IV　練習

（請以問答的形式進行口語練習及代換練習。）

1. うるさいですから、窓を　開けないほうが　いいですよ。

　→　そうですか。

　① 寒い

　② 雨

2. 今　決めないほうが　いいですよ。

　→　そうですね。よく考えてから　決めましょう。

　① 買わない、買いましょう

　② 話さない、話しましょう

3. 明日は　テストですから、今晩　遊ばないほうが　いいですよ。

　→　ええ、そうですね。

4. 学校を　さぼらないほうが　いいですよ。

　→　はい。

43. うるさい ③　イ形　吵鬧（的），喧嘩（的）

會話本文 MP3-2 27

TOEIC（トイック）を　受（う）けなければ　なりません。

阿部（あべ）：元気大学（げんきだいがく）の学生（がくせい）は　TOEIC（トイック）を　受（う）けなければ　なりませんか。

王（おう）　：はい、そうです。四年生（よねんせい）までに、受（う）けなければ　なりません。

阿部（あべ）：日本語能力試験（にほんごのうりょくしけん）は　どうですか。

張（ちょう）　：日本語専攻（にほんごせんこう）の学生（がくせい）は　受（う）けなければ　なりませんが、わたしたちは

受（う）けなくても　いいです。

阿部（あべ）：そうですか。

王（おう）　：でも、張（ちょう）さんは　日本（にほん）の会社（かいしゃ）で　仕事（しごと）が　したいですよね。

日本語能力試験（にほんごのうりょくしけん）を　受（う）けたほうが　いいですよ。

張（ちょう）　：そうですね。今（いま）　勉強（べんきょう）して　います。

試験（しけん）は　十二月（じゅうにがつ）です。

阿部（あべ）：頑張（がんば）って　ください。

> 2010年開始，「日本語能力試験（にほんごのうりょくしけん）」於7月及12月的第一個星期日，各舉辦一次。

會話代換練習

（請將① ②的語彙，套入____內，進行口語練習。）

〈Ⅰ〉

阿部：元気大学の学生は　TOEICを　受けなければ　なりませんか。

王　：はい、そうです。

① 八時までに　学校へ　来なければ

② 学校のルールを　守らなければ

〈Ⅱ〉

王：張さんは　日本の会社で　仕事が　したいですから、

　　日本語能力試験を　受けたほうが　いいですよ。

張：ええ、そうですね。今　勉強して　います。

① アメリカ、TOEIC

② 外国、日本語能力試験と　TOEIC

學習總複習 MP3-2 28 →解答P.205

1. 聽寫練習

（請依照MP3播放的內容，寫出正確的答案。）

① ______________________________

② ______________________________

③ ______________________________

④ ______________________________

⑤ ______________________________

2. 完成表格

（請依照例文，完成下列表格。）

動詞ます形	動詞類別	動詞ない形
手伝（てつだ）います	I	手伝（てつだ）わない
徹夜（てつや）します		
遊（あそ）びます		
守（まも）ります		
覚（おぼ）えます		
降（お）ります		
来（き）ます		

3. 造句-1

（請依照例文，完成「～ないで　ください」的句型。）

例：部屋 / 入ります

→ 部屋に　入らないで　ください。

① 教室 / 騒ぎます

→＿＿＿＿＿＿＿＿＿＿＿＿＿＿＿＿＿＿＿＿＿＿＿＿

② 図書館 / 大声 / 話します

→＿＿＿＿＿＿＿＿＿＿＿＿＿＿＿＿＿＿＿＿＿＿＿＿

③ 美術館 / 中 / 写真 / 撮ります

→＿＿＿＿＿＿＿＿＿＿＿＿＿＿＿＿＿＿＿＿＿＿＿＿

④ ここ / 荷物 / 置きます

→＿＿＿＿＿＿＿＿＿＿＿＿＿＿＿＿＿＿＿＿＿＿＿＿

⑤ お風呂 / 入ります

→＿＿＿＿＿＿＿＿＿＿＿＿＿＿＿＿＿＿＿＿＿＿＿＿

4. 造句-2

（請依照例文，完成「～なければ　なりません」的句型。）

例：もう　遅いですから / 寝ます

→ もう　遅いですから、寝なければ　なりません。

① 風邪ですね / 薬を　飲みます

→＿＿＿＿＿＿＿＿＿＿＿＿＿＿＿＿＿＿＿＿＿＿＿＿

② お金(かね)が　ありませんから / アルバイトします

→＿＿＿＿＿＿＿＿＿＿＿＿＿＿＿＿＿＿＿＿

③ 今(いま) / 家(うち)を　出(で)ます

→＿＿＿＿＿＿＿＿＿＿＿＿＿＿＿＿＿＿＿＿

④ 来週(らいしゅう)の金曜日(きんようび)までに / お金(かね)を　返(かえ)します

→＿＿＿＿＿＿＿＿＿＿＿＿＿＿＿＿＿＿＿＿

⑤ 食事(しょくじ)を　してから / 歯(は)を　磨(みが)きます

→＿＿＿＿＿＿＿＿＿＿＿＿＿＿＿＿＿＿＿＿

5. 完成下列答句

（請依照例文所示，寫出適當的答句。）

例：明日(あした)　学校(がっこう)へ　行(い)かなければ　なりませんか。（○）

→ はい、行(い)かなければ　なりません。

例：明日(あした)　学校(がっこう)へ　行(い)かなければ　なりませんか。（×）

→ いいえ、行(い)かなくても　いいです。

① ここに　名前(なまえ)を　書(か)かなければ　なりませんか。（○）

→＿＿＿＿＿＿＿＿＿＿＿＿＿＿＿＿＿＿＿＿

② すぐ　出(だ)さなければ　なりませんか。（×）

→＿＿＿＿＿＿＿＿＿＿＿＿＿＿＿＿＿＿＿＿

③ 毎月(まいつき)　高雄(たかお)へ　出張(しゅっちょう)に　行(い)かなければ　なりませんか。（○）

→＿＿＿＿＿＿＿＿＿＿＿＿＿＿＿＿＿＿＿＿

④ その事は　先輩に　言わなければ　なりませんか。（ ✕ ）

→＿＿＿＿＿＿＿＿＿＿＿＿＿＿＿＿＿＿＿＿

⑤ 美和さんに　連絡しなければ　なりませんか。（ ○ ）

→＿＿＿＿＿＿＿＿＿＿＿＿＿＿＿＿＿＿＿＿

6. 翻譯練習

（請將下列日文句翻譯成中文句，或將中文句翻譯成日文句。）

例1：冷たいものを　あまり　食べないほうが　いいですよ。

→ 不要吃冰涼的東西比較好喲。

例2：申請書必須在幾月幾日之前繳交呢？

→ 願書は　何月何日までに　出さなければ　なりませんか。

① パスポートを　忘れないで　くださいね。

→＿＿＿＿＿＿＿＿＿＿＿＿＿＿＿＿＿＿＿＿

② 危ないところへ　旅行に　行かないほうが　いいです。

→＿＿＿＿＿＿＿＿＿＿＿＿＿＿＿＿＿＿＿＿

③ 毎週　家族に　電話を　かけなくても　いいですか。

→＿＿＿＿＿＿＿＿＿＿＿＿＿＿＿＿＿＿＿＿

④ 晚上最好別在外面待太晚。

→＿＿＿＿＿＿＿＿＿＿＿＿＿＿＿＿＿＿＿＿

⑤ 我在十二點之前，必須回宿舍。

→＿＿＿＿＿＿＿＿＿＿＿＿＿＿＿＿＿＿＿＿

第二十課（だいにじゅっか）

趣味（しゅみ）は　ギターを　弾（ひ）くことです。

重點提示（動詞辭書形的活用表現）

1. 趣味（しゅみ）は　サッカーを　することです。（動詞句名詞化表現）
   趣味（しゅみ）は　サッカーです。

2. バスに　乗（の）る前（まえ）（に）、お金（かね）を　払（はら）います。（動作接續表現）
   食事（しょくじ）の前（まえ）（に）、手（て）を　洗（あら）います。

3. 日本語（にほんご）で　電話（でんわ）を　かけることが　できます。（能力表現）
   日本語（にほんご）が　できます。

4. 学校（がっこう）を　さぼるな。（禁止表現）

	ます形	辞書形
I類動詞	会(あ)います	会(あ)う
	待(ま)ちます	待(ま)つ
	乗(の)ります	乗(の)る
	歩(ある)きます	歩(ある)く
	脱(ぬ)ぎます	脱(ぬ)ぐ
	遊(あそ)びます	遊(あそ)ぶ
	住(す)みます	住(す)む
	返(かえ)します	返(かえ)す

	ます形	辞書形
II類動詞	見(み)ます	見(み)る
	着(き)ます	着(き)る
	できます	できる
	出(で)ます	出(で)る
	食(た)べます	食(た)べる
III類動詞	来(き)ます	来(く)る
	します	する
	散歩(さんぽ)します	散歩(さんぽ)する

文型 I MP3-2 30

趣味（しゅみ）は　サッカーを　__すること__です。

趣味（しゅみ）は　サッカーです。

趣味（しゅみ）は　ギターを　弾（ひ）くことです。

趣味（しゅみ）は　ギターです。

趣味（しゅみ）は　料理（りょうり）を　することです。

趣味（しゅみ）は　料理（りょうり）です。

趣味（しゅみ）は　編（あ）み物（もの）を　することです。

趣味（しゅみ）は　編（あ）み物（もの）です。

1. しゅみ [1]	趣味	名	興趣，嗜好
2. サッカー〔します〕[1]	soccer〔します〕	名 動III	足球，踢足球
3. ひきます [3]	弾きます	動I	彈奏

文型Ⅰ 練習

（請以問答的形式，進行口語練習及代換練習。）

1. 趣味は　何ですか。

　→　ケーキを　焼くことです。

2. 張　：美和さんは　絵が　好きですか。

　美和：ええ、とても　好きです。わたしの趣味は　絵を　書くことです。

　張　：じゃ、上手ですね。

　美和：いいえ、あまり　上手じゃ　ありません。好きなだけです。

　① 歌、歌を　歌う

　② ピアノ、ピアノを　弾く

3. 王　：趣味は　何ですか。

　阿部：サーフィンです。

　王　：台湾では　珍しいですよね。

　阿部：そうですか。でも、とても　おもしろいですよ。

　① スキー

　② ヨット

4. A：一緒に　泳ぎに　行きませんか。

　B：ええ、いいですね。あなたも　水泳が　好きですか。

　A：はい、趣味は　泳ぐことですから。

語彙

4. やきます 3	焼きます	動Ⅰ	烤
5. だけ		副助	只有，只是（提示限定範圍或程度的助詞）
6. サーフィン〔します〕1	surfing〔します〕	名 動Ⅲ	衝浪
7. めずらしい 4	珍しい	イ形	罕見的
8. ヨット 1	yacht	名	帆船
9. およぎます 4	泳ぎます	動Ⅰ	游泳

文型 II MP3-2 31

バスに　<u>乗（の）る前（まえ）（に）</u>、お金（かね）を　払（はら）います。

<u>食事（しょくじ）の前（まえ）（に）</u>、手（て）を　洗（あら）います。

教室（きょうしつ）を　出（で）る前（まえ）（に）、電気（でんき）と　クーラーを　消（け）します。

友達（ともだち）の家（うち）へ　行（い）く前（まえ）（に）、電話（でんわ）を　かけます。

旅行（りょこう）に　行（い）く前（まえ）（に）、ホテルの予約（よやく）を　取（と）ります。

薬（くすり）を　飲（の）む前（まえ）（に）、何（なに）か　少（すこ）し　食（た）べて　ください。

ご飯（はん）を　食（た）べる前（まえ）（に）、手（て）を　洗（あら）いましょう。

食事（しょくじ）の前（まえ）（に）、手（て）を　洗（あら）って　ください。

10. はらいます 4	払います	動I	付錢
11. まえ 1	前	名	之前

文型Ⅱ　練習

（請以問答的形式進行口語練習及代換練習。）

1. いつも　学校へ　来る前（に）、朝ご飯を　食べますか。

   →　いいえ、学校へ　来てから、食べます。

2. 一緒に　帰りましょう。

   →　ええ。でも、帰る前（に）、ちょっと　スーパーへ　行って、

   牛乳を　買います。

3. A：ご飯を　食べてから、お風呂に　入りますか。

   B：いいえ、食事の前（に）、入ります。

   ① 勉強します、勉強します

   ② テレビを　見ます、見ます

4. A：いつも　寝る前（に）、何を　しますか。

   B：歯を　磨きます。あなたは。

   A：わたしは　寝る前（に）、二十分ぐらい　散歩します。

   ① シャワーを　浴びます

   ② 日記を　書きます

12. ぐらい / くらい	位	副助	大約，左右
13. にっき 0	日記	名	日記

文型Ⅲ MP3-2 32

日本語(にほんご)で　電話(でんわ)を　かけることが　できます。

日本語(にほんご)が　できます。

わたしは　ピアノを　弾(ひ)くことが　できます。

英語(えいご)で　話(はな)すことが　できます。

コンビニで　お金(かね)を　下(お)ろすことが　できます。

車(くるま)の運転(うんてん)が　できます。

わたしは　英語(えいご)と　日本語(にほんご)が　できます。

水泳(すいえい)が　できます。

14. できます 3		動II	會，能夠
15. おろします 4	下ろします	 動I	卸下，取出

文型III　練習

（請以問答的形式進行口語練習及代換練習。）

1. 一人（ひとり）で　日本（にほん）へ　行（い）くことが　できますか。

　→　いいえ、できません。日本語（にほんご）が　下手（へた）ですから。

2. A：コンビニで　駐車料金（ちゅうしゃりょうきん）を　払（はら）うことが　できますか。

　B：はい、できます。

　A：そうですか。便利（べんり）ですね。

3. 王（おう）　：阿部（あべ）さんは　サーフィンが　できますよね。

　阿部（あべ）：ええ。

　王（おう）　：わたしに　教（おし）えて　ください。

　阿部（あべ）：いいですよ。

　① ゴルフ

　② スケート

4. 張（ちょう）　：中国語（ちゅうごくご）で　話（はな）すことが　できますか。

　美和（みわ）：はい、すこし　できます。でも　もっと　勉強（べんきょう）したいです。

　① 台湾語（たいわんご）

　② 英語（えいご）

16. ちゅうしゃりょうきん 4	駐車料金	名	停車費
17. ゴルフ〔します〕1	golf〔します〕	名 動III	高爾夫球，打高爾夫球
18. スケート〔します〕0	skate〔します〕	名 動III	滑冰
19. もっと 1		副	更，進一步

文型IV MP3-2 33

学校(がっこう)を　<u>さぼるな。</u>

図書館(としょかん)で　騒(さわ)ぐな。

講義中(こうぎちゅう)　お弁当(べんとう)を　食(た)べるな。

工事中(こうじちゅう)　入(はい)るな。

危(あぶ)ないから、川(かわ)で　泳(およ)ぐな。

博物館(はくぶつかん)の中(なか)で　写真(しゃしん)を　撮(と)るな。

MRT(エムアールティー)の中(なか)で　食(た)べたり　飲(の)んだり　するな。

20. な		終助	不許，不要（提示禁止事物的助詞）
21. かわ 2	川	名	河川，河流
22. はくぶつかん 4	博物館	名	博物館

文型Ⅳ　練習

（請以問答的形式進行口語練習及代換練習。）

1. 先生（せんせい）：授業中（じゅぎょうちゅう）　居眠（いねむ）りするな。

   学生（がくせい）：すみません。

2. 母（はは）　：テレビを　見（み）るな。

   子供（こども）：はい。

3. 阿部（あべ）：「<u>禁止進入</u>」は　日本語（にほんご）で　何（なん）ですか。

   美和（みわ）：「<u>中（なか）へ（に）　入（はい）るな</u>」です。

   阿部（あべ）：そうですか。じゃ、<u>中（なか）へ（に）　入（はい）っては</u>　いけませんね。

   ① 禁止左轉、左（ひだり）へ　曲（ま）がるな、左（ひだり）へ　曲（ま）がっては

   ② 禁止攝影、写真（しゃしん）を　撮（と）るな、写真（しゃしん）を　撮（と）っては

4. 先輩（せんぱい）：体（からだ）に　悪（わる）いから、<u>タバコを　吸（す）う</u>な。

   後輩（こうはい）：はい、分（わ）かりました。

   ① お酒（さけ）を　たくさん　飲（の）む

   ② 夜更（よふ）かしを　する

23. ひだり 0	左	名	左邊
24. まがります 4	曲がります	動Ⅰ	轉彎
25. よふかし〔します〕3 2	夜更かし〔します〕	名 動Ⅲ	熬夜

會話本文 MP3-2 34

中国語(ちゅうごくご)が　できますか。

張(ちょう)　：美和(みわ)さんが　台湾(たいわん)へ　来(き)てから、もう　一年半(いちねんはん)ですね。

美和(みわ)：ええ、速(はや)いですね。

張(ちょう)　：もう　中国語(ちゅうごくご)が　できますか。

美和(みわ)：ええ、だいたい　できます。でも、書(か)くことは　下手(へた)です。

張(ちょう)　：わたしも　一年半(いちねんはん)ぐらい　日本語(にほんご)を　勉強(べんきょう)して　いますが、

まだ　日本語(にほんご)で　日本人(にほんじん)と　話(はな)すことは　できません。

美和(みわ)：えっ、今(いま)　日本語(にほんご)を　使(つか)って　いますよね。

張(ちょう)　：あっ、そうですね。

美和(みわ)：張(ちょう)さんは　日本語(にほんご)が　上手(じょうず)ですよ。

張(ちょう)　：いいえ、まだまだです。

26. だいたい 0	大体	副	大致上
27. まだまだ 1		副	還不行

會話代換練習

（請將① ②的語彙，套入____內，進行口語練習。）

〈I〉

張（ちょう）　：もう　中国語（ちゅうごくご）が　できますか。

美和（みわ）：はい、易（やさ）しい会話（かいわ）は　できますが、中国語（ちゅうごくご）で　作文（さくぶん）を　書（か）くことは

まだ　できません。

① 英語（えいご）、英語（えいご）

② フランス語（ご）、フランス語（ご）

〈II〉

張（ちょう）　：わたしも　一年半（いちねんはん）ぐらい　日本語（にほんご）を　勉強（べんきょう）して　いますが、

まだ　日本語（にほんご）で　日本人（にほんじん）と　話（はな）すことは　できません。

美和（みわ）：そうですか。でも　上手（じょうず）ですよ。

① 英語（えいご）、英語（えいご）、電話（でんわ）を　かける

② 韓国語（かんこくご）、韓国語（かんこくご）、メールを　書（か）く

學習總複習 MP3-2 35 →解答P.207

1. 聽寫練習

（請依照MP3播放的內容，寫出正確的答案。）

① ______________________________

② ______________________________

③ ______________________________

④ ______________________________

⑤ ______________________________

2. 完成表格

（請依照例文，完成下列表格。）

動詞ます形	動詞類別	動詞辭書形
弾(ひ)きます	I	弾(ひ)く
運転(うんてん)します		
歌(うた)います		
来(き)ます		
泳(およ)ぎます		
浴(あ)びます		
借(か)ります		
乗(の)ります		
遊(あそ)びます		

3. 完成下列答句

（請依照例文所示，寫出適當的答句。）

例：あなたの趣味は　何ですか。（ピアノを　弾きます）

　→　わたしの趣味は　ピアノを　弾くことです。

① 谷口先生の趣味は　何ですか。（写真を　撮ります）

→

② 張さんの趣味は　何ですか。（ヨガを　します）

→

③ お母さんの趣味は　何ですか。（料理を　します）

→

④ あなたの趣味は　何ですか。（ネットを　します）

→

⑤ 美和さんの趣味は　何ですか。（絵本を　読みます）

→

4. 改寫句子-1

（請依照例文所示，寫出適當的句子。）

例：手を　洗ってから　食事します。

　→　食事する前（に）、手を　洗います。

① 電話を　かけてから、友達の家へ　遊びに　行きます。

→

② お風呂(ふろ)に　入(はい)ってから、寝(ね)ます。

→＿＿＿＿＿＿＿＿＿＿＿＿＿＿＿＿＿＿＿＿＿＿＿＿

③ 日本語(にほんご)を　勉強(べんきょう)してから、日本(にほん)へ　行(い)きます。

→＿＿＿＿＿＿＿＿＿＿＿＿＿＿＿＿＿＿＿＿＿＿＿＿

④ 何(なに)か　食(た)べてから、薬(くすり)を　飲(の)んで　ください。

→＿＿＿＿＿＿＿＿＿＿＿＿＿＿＿＿＿＿＿＿＿＿＿＿

⑤ 電気(でんき)を　消(け)してから、部屋(へや)を　出(で)ます。

→＿＿＿＿＿＿＿＿＿＿＿＿＿＿＿＿＿＿＿＿＿＿＿＿

5. 改寫句子-2

（請依照例文所示，寫出適當的句子。）

例：ここで　タバコを　吸(す)っては　いけません。

→ ここで　タバコを　吸(す)うな。

① 危(あぶ)ないから、あそこへ　行(い)っては　いけません。

→＿＿＿＿＿＿＿＿＿＿＿＿＿＿＿＿＿＿＿＿＿＿＿＿

② ここに　ごみを　捨(す)てては　いけません。

→＿＿＿＿＿＿＿＿＿＿＿＿＿＿＿＿＿＿＿＿＿＿＿＿

③ テレビを　見(み)ながら、ご飯(はん)を　食(た)べては　いけません。

→＿＿＿＿＿＿＿＿＿＿＿＿＿＿＿＿＿＿＿＿＿＿＿＿

④ 体(からだ)に　悪(わる)いから、お酒(さけ)を　たくさん　飲(の)んでは　いけません。

→＿＿＿＿＿＿＿＿＿＿＿＿＿＿＿＿＿＿＿＿＿＿＿＿

⑤ 会議中　携帯電話を　使っては　いけません。

→______________________________

6. 造句

（請依照例文，完成「～ことが　できます」的句型。）

例：林さんの子供 / 歩きます

→ 林さんの子供は　歩くことが　できます。

① 張さん / 日本語の漢字 / 読みます

→______________________________

② 妹 / ピアノ / 弾きます

→______________________________

③ コンビニ / 駐車料金 / 払います

→______________________________

④ 日本語 / ホテルの予約 / します

→______________________________

⑤ 妹 / 一人で / 電車 / 乗ります

→______________________________

豆知識

お茶をいただきましょう！

來杯茶吧！

「**お茶**（茶）」感覺是很中國的東西，但在日本卻開創出另一番光景。雖說日本的「**茶道**（**茶道**）」歷史，可以追溯到中國唐朝，不過往後的發展卻大相逕庭。相對於中國人偏好烏龍茶或是鐵觀音等茶種，日本人所喝的茶，大多以「**緑茶**」為主，而用在「茶道」上的，更是其中的「**抹茶**」。抹茶雖然味道偏苦，不過日本人習慣在喝茶之前，會先品嚐「**和菓子**」，所以當極甜遇到極苦時，反而融合出一股清爽的味道。

「**茶道**」又可稱為「**茶湯**」或「**茶の湯**」。雖有各種流派，但共同點是，舉凡「**茶室**（品茗的地方）」到「**茶碗**（茶杯）」，還有泡茶與喝茶者間的應對進退，無一不講究，就連相佐的點心或料理，像是之前介紹過的「**和菓子**」、「**懐石料理**」等，也大有學問，因此「**茶道**」可說是日本文化中的綜合藝術。

另外，由於「**茶道**」和「**禅宗**（禪宗，佛教宗派之一）」有密切的關係，所以在精神層面上也有所追求。「茶道」中有句話叫「**一期一会**」，意思是將人的相遇，看作一生只有一次，所以必須在相遇時，展現出最好的一面。僅僅一杯茶，卻能達到自我要求的境界，實在不容小覷啊！

附錄

重點提示

1. 量詞
2. 時間的表示法（年、月、星期、日、早上、晚上）
3. 餐飲美食
4. 商店機關
5. 各式飲料
6. 動詞活用表

量詞

疑問詞	いくつ （東西、物品的）幾個	なんにん 何人 幾個人	なんかい 何回 幾回、幾次
1	ひと 一つ	ひとり 一人	いっかい 一回
2	ふた 二つ	ふたり 二人	にかい 二回
3	みっ 三つ	さんにん 三人	さんかい 三回
4	よっ 四つ	よにん 四人	よんかい 四回
5	いつ 五つ	ごにん 五人	ごかい 五回
6	むっ 六つ	ろくにん 六人	ろっかい 六回
7	なな 七つ	ななにん　しちにん 七人（七人）	ななかい 七回
8	やっ 八つ	はちにん 八人	はっかい 八回
9	ここの 九つ	きゅうにん 九人	きゅうかい 九回
10	とお 十	じゅうにん 十人	じゅっかい　じっかい 十回（十回）

疑問詞	なんど 何度 幾次	なんまい 何枚 （薄或扁平的東西的） 幾張、幾件、幾片	なんぼん 何本 （尖而長的東西的） 幾瓶、幾枝
1	いちど 一度	いちまい 一枚	いっぽん 一本
2	にど 二度	にまい 二枚	にほん 二本
3	さんど 三度	さんまい 三枚	さんぼん 三本
4	よんど 四度	よんまい 四枚	よんほん 四本
5	ごど 五度	ごまい 五枚	ごほん 五本
6	ろくど 六度	ろくまい 六枚	ろっぽん 六本
7	ななど 七度	ななまい 七枚	ななほん 七本
8	はちど 八度	はちまい 八枚	はっぽん 八本
9	きゅうど 九度	きゅうまい 九枚	きゅうほん 九本
10	じゅうど 十度	じゅうまい 十枚	じゅっぽん　じっぽん 十本（十本）

疑問詞	何台（なんだい） （機器和車輛的）幾台	何冊（なんさつ） （書和筆記本的）幾冊	何杯（なんばい） 幾杯、幾碗
1	一台（いちだい）	一冊（いっさつ）	一杯（いっぱい）
2	二台（にだい）	二冊（にさつ）	二杯（にはい）
3	三台（さんだい）	三冊（さんさつ）	三杯（さんばい）
4	四台（よんだい）	四冊（よんさつ）	四杯（よんはい）
5	五台（ごだい）	五冊（ごさつ）	五杯（ごはい）
6	六台（ろくだい）	六冊（ろくさつ）	六杯（ろっぱい）
7	七台（ななだい）	七冊（ななさつ）	七杯（ななはい）
8	八台（はちだい）	八冊（はっさつ）	八杯（はっぱい）
9	九台（きゅうだい）	九冊（きゅうさつ）	九杯（きゅうはい）
10	十台（じゅうだい）	十冊（じゅっさつ）（十冊（じっさつ））	十杯（じゅっぱい）（十杯（じっぱい））

疑問詞	何匹（なんびき） （小動物、魚和昆蟲的） 幾隻、幾尾	何番（なんばん） 幾號	何足（なんぞく） （鞋子或襪子的）幾雙
1	一匹（いっぴき）	一番（いちばん）	一足（いっそく）
2	二匹（にひき）	二番（にばん）	二足（にそく）
3	三匹（さんびき）	三番（さんばん）	三足（さんぞく）
4	四匹（よんひき）	四番（よんばん）	四足（よんそく）
5	五匹（ごひき）	五番（ごばん）	五足（ごそく）
6	六匹（ろっぴき）	六番（ろくばん）	六足（ろくそく）
7	七匹（ななひき）	七番（ななばん）	七足（ななそく）
8	八匹（はっぴき）	八番（はちばん）	八足（はっそく）
9	九匹（きゅうひき）	九番（きゅうばん）	九足（きゅうそく）
10	十匹（じゅっぴき）（十匹（じっぴき））	十番（じゅうばん）	十足（じゅっそく）（十足（じっそく））

時間的表示法

時間推移（年）

日文發音	漢字表記	中文翻譯
おととし	一昨年	前年
きょねん	去年	去年
ことし	今年	今年
らいねん	来年	明年
さらいねん	再来年	後年
まいとし、まいねん	毎年	每年

時間推移（月）

日文發音	漢字表記	中文翻譯
せんせんげつ	先々月	上上個月
せんげつ	先月	上個月
こんげつ	今月	這個月
らいげつ	来月	下個月
さらいげつ	再来月	下下個月
まいつき、まいげつ	毎月	每個月

時間推移（星期）

日文發音	漢字表記	中文翻譯
せんせんしゅう	先々週	上上週
せんしゅう	先週	上週
こんしゅう	今週	這週
らいしゅう	来週	下週
さらいしゅう	再来週	下下週
まいしゅう	毎週	毎週

時間推移（日）

日文發音	漢字表記	中文翻譯
おととい	一昨日	前天
きのう	昨日	昨天
きょう	今日	今天
あした	明日	明天
あさって	明後日	後天
まいにち	毎日	毎天

時間推移（早上）

日文發音	漢字表記	中文翻譯
おとといのあさ	一昨日の朝	前天早上
きのうのあさ	昨日の朝	昨天早上
けさ	今朝	今天早上
あしたのあさ	明日の朝	明天早上
あさってのあさ	明後日の朝	後天早上
まいあさ	毎朝	每天早上

時間推移（晚上）

日文發音	漢字表記	中文翻譯
おとといのばん	一昨日の晩	前天晚上
きのうのばん	昨日の晩	昨晚
こんばん	今晩	今晚
こんや	今夜	今晚
あしたのばん	明日の晩	明天晚上
あさってのばん	明後日の晩	後天晚上
まいにち	毎日	每天晚上

餐飲美食

日文發音	漢字、原文	中文解釋
おでん	——	關東煮
つきみうどん	月見うどん	月見烏龍麵
とんかつ	豚かつ	炸豬排
ぎゅうどん	牛丼	牛肉蓋飯
おやこどん	親子丼	雞肉雞蛋蓋飯
てんどん	天丼	天婦羅蓋飯
うなどん	鰻丼	鰻魚蓋飯
カツどん	カツ丼	炸豬排蓋飯
かいせんどん	海鮮丼	海鮮蓋飯
うめぼし	梅干し	梅干
おちゃづけ	お茶漬け	茶泡飯
にくじゃが	肉じゃが	馬鈴薯燉肉
えびフライていしょく	海老フライ定食（海老＋fry＋定食）	炸蝦定食
おこのみやき	お好み焼き	什錦燒
たこやき	蛸焼き	章魚燒
しゃぶしゃぶ	——	涮涮鍋
すきやき	すき焼き	壽喜燒
オムライス	【和】omelet＋rice	蛋包飯
コロッケ	【法】croquette	可樂餅
グラタン	【法】gratin	焗烤通心麵
チキンドリア	chicken＋【法】doria	雞肉焗烤飯
まっちゃアイス	抹茶アイス（抹茶＋ice）	抹茶冰淇淋
わがし	和菓子	和菓子
プリン	pudding的省略	布丁
せんべい	煎餅	仙貝（米菓）

附錄

商店機關

日文發音	漢字、原文	中文解釋
パンや	パン屋（【葡】pão + 屋）	麵包店
にくや	肉屋	肉店
ケーキや	ケーキ屋（cake + 屋）	蛋糕店
やおや	八百屋	蔬果店
とこや	床屋	理髮店
こめや	米屋	米店
くすりや	薬屋	藥房
さかなや	魚屋	魚攤
さかや	酒屋	酒店
ほんや	本屋	書店
しゃしんや	写真屋	照相館
でんきや	電気屋	電器行
せんとう	銭湯	澡堂
ごふくや	呉服屋	和服店
クリーニングや	クリーニング屋（cleaning + 屋）	乾洗店
めがねや	眼鏡屋	眼鏡行
とけいや	時計屋	鐘錶店
じてんしゃや	自転車屋	自行車行
ジム	gym	健身房
いちば	市場	市場
ショッピングモール	shopping mall	購物中心
やたい	屋台	攤販
クリニック	clinic	診所
びじゅつかん	美術館	美術館
はくぶつかん	博物館	博物館

各式飲料

日文發音	漢字、原文	中文解釋
ウーロンちゃ	【中】烏龍茶	烏龍茶
ミルク	milk	牛奶
ヤクルト	Yakult（商品名稱）	養樂多（乳酸飲料）
ワイン	wine	葡萄酒
ビール	beer	啤酒
コニャック	【法】cognac	法國白蘭地酒
ジュース	juice	果汁
おちゃ	お茶	茶
コーヒー	coffee	咖啡
こうちゃ	紅茶	紅茶
カクテル	cocktail	雞尾酒
コーラ	cola	可樂
ココア	cocoa	可可
シェーク	shake	奶昔
シャンペン	【法】champagne	香檳酒
サイダー	cider	汽水
パパイアミルク	papaya milk	木瓜牛奶
タピオカミルクティー	tapioca milk tea	珍珠奶茶
オレンジジュース	orange juice	柳橙汁
マンゴージュース	mango juice	芒果汁
トマトジュース	tomato juice	蕃茄汁
レモンティー	lemon tea	檸檬茶
ミネラルウォーター	mineral water	礦泉水
ブランデー	brandy	白蘭地
スポーツドリンク	sports drink	運動飲料

動詞活用表 ➲ 第 I 類動詞

ます形	て形	た形	ない形	辭書形	中文解釋
会います	会って	会った	会わない	会う	見面
遊びます	遊んで	遊んだ	遊ばない	遊ぶ	玩
洗います	洗って	洗った	洗わない	洗う	洗
あります	あって	あった	ない	ある	有
歩きます	歩いて	歩いた	歩かない	歩く	走
言います	言って	言った	言わない	言う	說
行きます	行って	行った	行かない	行く	去
急ぎます	急いで	急いだ	急がない	急ぐ	急忙
歌います	歌って	歌った	歌わない	歌う	唱歌
置きます	置いて	置いた	置かない	置く	放置
押します	押して	押した	押さない	押す	按，壓
泳ぎます	泳いで	泳いだ	泳がない	泳ぐ	游泳
下ろします	下ろして	下ろした	下ろさない	下ろす	卸下，取出
買います	買って	買った	買わない	買う	買
返します	返して	返した	返さない	返す	歸還

ます形	て形	た形	ない形	辭書形	中文解釋
帰(かえ)ります	帰(かえ)って	帰(かえ)った	帰(かえ)らない	帰(かえ)る	回（家，國）
書(か)きます	書(か)いて	書(か)いた	書(か)かない	書(か)く	寫
貸(か)します	貸(か)して	貸(か)した	貸(か)さない	貸(か)す	借（人）
被(かぶ)ります	被(かぶ)って	被(かぶ)った	被(かぶ)らない	被(かぶ)る	戴
聞(き)きます	聞(き)いて	聞(き)いた	聞(き)かない	聞(き)く	聽，詢問
曇(くも)ります	曇(くも)って	曇(くも)った	曇(くも)らない	曇(くも)る	（天）陰
さぼります	さぼって	さぼった	さぼらない	さぼる	偷懶，怠惰
騒(さわ)ぎます	騒(さわ)いで	騒(さわ)いだ	騒(さわ)がない	騒(さわ)ぐ	吵鬧
知(し)り合(あ)います	知(し)り合(あ)って	知(し)り合(あ)った	知(し)り合(あ)わない	知(し)り合(あ)う	認識
知(し)ります	知(し)って	知(し)った	知(し)らない	知(し)る	知道
吸(す)います	吸(す)って	吸(す)った	吸(す)わない	吸(す)う	抽，吸
住(す)みます	住(す)んで	住(す)んだ	住(す)まない	住(す)む	住，居住
座(すわ)ります	座(すわ)って	座(すわ)った	座(すわ)らない	座(すわ)る	坐，坐下
出(だ)します	出(だ)して	出(だ)した	出(だ)さない	出(だ)す	提出，交出
使(つか)います	使(つか)って	使(つか)った	使(つか)わない	使(つか)う	使用

動詞活用表 ➲ 第 I 類動詞

ます形	て形	た形	ない形	辭書形	中文解釋
作(つく)ります	作(つく)って	作(つく)った	作(つく)らない	作(つく)る	做
手伝(てつだ)います	手伝(てつだ)って	手伝(てつだ)った	手伝(てつだ)わない	手伝(てつだ)う	幫忙
撮(と)ります	撮(と)って	撮(と)った	撮(と)らない	撮(と)る	攝影，拍照
取(と)ります	取(と)って	取(と)った	取(と)らない	取(と)る	記下，抄，取，拿
治(なお)ります	治(なお)って	治(なお)った	治(なお)らない	治(なお)る	痊癒，治好
習(なら)います	習(なら)って	習(なら)った	習(なら)わない	習(なら)う	學習
脱(ぬ)ぎます	脱(ぬ)いで	脱(ぬ)いだ	脱(ぬ)がない	脱(ぬ)ぐ	脫
願(ねが)います	願(ねが)って	願(ねが)った	願(ねが)わない	願(ねが)う	請求，願望
登(のぼ)ります	登(のぼ)って	登(のぼ)った	登(のぼ)らない	登(のぼ)る	登，爬
飲(の)みます	飲(の)んで	飲(の)んだ	飲(の)まない	飲(の)む	喝
入(はい)ります	入(はい)って	入(はい)った	入(はい)らない	入(はい)る	進入
走(はし)ります	走(はし)って	走(はし)った	走(はし)らない	走(はし)る	跑
働(はたら)きます	働(はたら)いて	働(はたら)いた	働(はたら)かない	働(はたら)く	工作
話(はな)します	話(はな)して	話(はな)した	話(はな)さない	話(はな)す	說話
払(はら)います	払(はら)って	払(はら)った	払(はら)わない	払(はら)う	付款

ます形	て形	た形	ない形	辭書形	中文解釋
貼ります	貼って	貼った	貼らない	貼る	貼，張貼
弾きます	弾いて	弾いた	弾かない	弾く	彈奏
曲がります	曲がって	曲がった	曲がらない	曲がる	轉彎
待ちます	待って	待った	待たない	待つ	等待
守ります	守って	守った	守らない	守る	遵守
磨きます	磨いて	磨いた	磨かない	磨く	刷，磨亮
持ちます	持って	持った	持たない	持つ	拿，擁有
もらいます	もらって	もらった	もらわない	もらう	收到，得到
焼きます	焼いて	焼いた	焼かない	焼く	烤
休みます	休んで	休んだ	休まない	休む	休息
やります	やって	やった	やらない	やる	做
読みます	読んで	読んだ	読まない	読む	讀，閱讀
呼びます	呼んで	呼んだ	呼ばない	呼ぶ	叫，呼喚
分かります	分かって	分かった	分からない	分かる	知道，理解

動詞活用表 ➲ 第 II 類動詞

ます形	て形	た形	ない形	辭書形	中文解釋
開（あ）けます	開（あ）けて	開（あ）けた	開（あ）けない	開（あ）ける	開，打開
あげます	あげて	あげた	あげない	あげる	給
浴（あ）びます	浴（あ）びて	浴（あ）びた	浴（あ）びない	浴（あ）びる	沖澡
いけます	いけて	いけた	いけない	いける	能，相當好
います	いて	いた	いない	いる	有，存在
入（い）れます	入（い）れて	入（い）れた	入（い）れない	入（い）れる	放入
受（う）けます	受（う）けて	受（う）けた	受（う）けない	受（う）ける	接受
遅（おく）れます	遅（おく）れて	遅（おく）れた	遅（おく）れない	遅（おく）れる	遲，晚
納（おさ）めます	納（おさ）めて	納（おさ）めた	納（おさ）めない	納（おさ）める	繳納
教（おし）えます	教（おし）えて	教（おし）えた	教（おし）えない	教（おし）える	教（學），告訴
覚（おぼ）えます	覚（おぼ）えて	覚（おぼ）えた	覚（おぼ）えない	覚（おぼ）える	記住，記憶
降（お）ります	降（お）りて	降（お）りた	降（お）りない	降（お）りる	下車
かけます	かけて	かけた	かけない	かける	打（電話），戴（眼鏡）
借（か）ります	借（か）りて	借（か）りた	借（か）りない	借（か）りる	借入
考（かんが）えます	考（かんが）えて	考（かんが）えた	考（かんが）えない	考（かんが）える	考慮，考量

ます形	て形	た形	ない形	辭書形	中文解釋
着替えます	着替えて	着替えた	着替えない	着替える	換衣服
着ます	着て	着た	着ない	着る	穿
決めます	決めて	決めた	決めない	決める	決定
くれます	くれて	くれた	くれない	くれる	（人）給我～
閉めます	閉めて	閉めた	閉めない	閉める	關上，關閉
知らせます	知らせて	知らせた	知らせない	知らせる	通知
捨てます	捨てて	捨てた	捨てない	捨てる	丟棄，捨棄
食べます	食べて	食べた	食べない	食べる	吃
足ります	足りて	足りた	足りない	足りる	足夠
疲れます	疲れて	疲れた	疲れない	疲れる	疲累
つけます	つけて	つけた	つけない	つける	開（電器）
勤めます	勤めて	勤めた	勤めない	勤める	工作
できます	できて	できた	できない	できる	會，能夠
出ます	出て	出た	出ない	出る	出去
止めます	止めて	止めた	止めない	止める	停

動詞活用表 ➲ 第 II 類動詞

ます形	て形	た形	ない形	辭書形	中文解釋
寝(ね)ます	寝(ね)て	寝(ね)た	寝(ね)ない	寝(ね)る	睡覺
乗(の)り換(か)えます	乗(の)り換(か)えて	乗(の)り換(か)えた	乗(の)り換(か)えない	乗(の)り換(か)える	轉乘
見(み)せます	見(み)せて	見(み)せた	見(み)せない	見(み)せる	給人看
見(み)ます	見(み)て	見(み)た	見(み)ない	見(み)る	看
迎(むか)えます	迎(むか)えて	迎(むか)えた	迎(むか)えない	迎(むか)える	迎接，接
忘(わす)れます	忘(わす)れて	忘(わす)れた	忘(わす)れない	忘(わす)れる	遺忘，忘記

動詞活用表 ➲ 第Ⅲ類動詞

ます形	て形	た形	ない形	辭書形	中文解釋
アルバイトします	アルバイトして	アルバイトした	アルバイトしない	アルバイトする	打工
居眠りします	居眠りして	居眠りした	居眠りしない	居眠りする	打瞌睡
運転します	運転して	運転した	運転しない	運転する	開車
運動します	運動して	運動した	運動しない	運動する	做運動
買い物します	買い物して	買い物した	買い物しない	買い物する	購物
合宿します	合宿して	合宿した	合宿しない	合宿する	集體住宿
カラオケします	カラオケして	カラオケした	カラオケしない	カラオケする	卡拉OK
来ます	来て	来た	来ない	来る	來
化粧します	化粧して	化粧した	化粧しない	化粧する	化妝
結婚します	結婚して	結婚した	結婚しない	結婚する	結婚
見学します	見学して	見学した	見学しない	見学する	參觀，訪問
講義します	講義して	講義した	講義しない	講義する	上課，授課
散歩します	散歩して	散歩した	散歩しない	散歩する	散步
残業します	残業して	残業した	残業しない	残業する	加班
質問します	質問して	質問した	質問しない	質問する	詢問，提問

動詞活用表 ➲ 第Ⅲ類動詞

ます形	て形	た形	ない形	辭書形	中文解釋
します	して	した	しない	する	做
邪魔(じゃま)します	邪魔(じゃま)して	邪魔(じゃま)した	邪魔(じゃま)しない	邪魔(じゃま)する	妨礙，打攪
出張(しゅっちょう)します	出張(しゅっちょう)して	出張(しゅっちょう)した	出張(しゅっちょう)しない	出張(しゅっちょう)する	出差
渋滞(じゅうたい)します	渋滞(じゅうたい)して	渋滞(じゅうたい)した	渋滞(じゅうたい)しない	渋滞(じゅうたい)する	塞車
準備(じゅんび)します	準備(じゅんび)して	準備(じゅんび)した	準備(じゅんび)しない	準備(じゅんび)する	準備
ジョギングします	ジョギングして	ジョギングした	ジョギングしない	ジョギングする	慢跑
心配(しんぱい)します	心配(しんぱい)して	心配(しんぱい)した	心配(しんぱい)しない	心配(しんぱい)する	擔心
水泳(すいえい)します	水泳(すいえい)して	水泳(すいえい)した	水泳(すいえい)しない	水泳(すいえい)する	游泳
スキーします	スキーして	スキーした	スキーしない	スキーする	滑雪
洗濯(せんたく)します	洗濯(せんたく)して	洗濯(せんたく)した	洗濯(せんたく)しない	洗濯(せんたく)する	洗衣服
掃除(そうじ)します	掃除(そうじ)して	掃除(そうじ)した	掃除(そうじ)しない	掃除(そうじ)する	打掃
相談(そうだん)します	相談(そうだん)して	相談(そうだん)した	相談(そうだん)しない	相談(そうだん)する	商量
遅刻(ちこく)します	遅刻(ちこく)して	遅刻(ちこく)した	遅刻(ちこく)しない	遅刻(ちこく)する	遲到
徹夜(てつや)します	徹夜(てつや)して	徹夜(てつや)した	徹夜(てつや)しない	徹夜(てつや)する	通宵，徹夜
デートします	デートして	デートした	デートしない	デートする	約會

ます形	て形	た形	ない形	辭書形	中文解釋
発音します	発音して	発音した	発音しない	発音する	發音
昼寝します	昼寝して	昼寝した	昼寝しない	昼寝する	睡午覺
プレゼントします	プレゼントして	プレゼントした	プレゼントしない	プレゼントする	送禮物
返事します	返事して	返事した	返事しない	返事する	回答，回信
勉強します	勉強して	勉強した	勉強しない	勉強する	學習，唸書
放送します	放送して	放送した	放送しない	放送する	廣播，放映
ミーティングします	ミーティングして	ミーティングした	ミーティングしない	ミーティングする	集會
予約します	予約して	予約した	予約しない	予約する	預約
旅行します	旅行して	旅行した	旅行しない	旅行する	旅行
練習します	練習して	練習した	練習しない	練習する	練習
連絡します	連絡して	連絡した	連絡しない	連絡する	聯絡

學習總複習分課解答

第十一課　わたしは　電子辞書が　ほしいです。

1. 聽寫練習

① わたしは　可愛い犬が　ほしいです。

② 暑いですから、何も　食べたくないです。

③ 林先生は　納豆が　好きじゃ　ありません。

④ あなたは　料理が　上手ですか。

⑤ わたしは　ピアノが　上手じゃ　ありませんが、好きですから、よく　練習します。

2. 造句

① デジカメが　ほしいです。

② 時計が　ほしいです。

③ 友達が　ほしいです。

④ 何も　ほしくないです。

3. 完成句子

① 日本で　日本の友達に　会いたいです。

② ワンピースと　靴が　買いたいです。

③ 日曜日　何も　したくないです。

④ バイクで　陽明山へ　行きたいです。

⑤ わたしは　何も　食べたくないです。

4. 填充

① が　② が　③ は、が　④ へ、に　⑤ は、が　⑥ が　⑦ が、も

5. 改錯

① 何(なに)も　食(た)べたくないです。

② わたしは　ドリアンが　あまり　好(す)きじゃ　ありません。

③ 一番(いちばん)　ほしい物(もの)は　何(なん)ですか。

④ 納豆(なっとう)が　とても　嫌(きら)いです。

⑤ 冷(つめ)たいお茶(ちゃ)が　飲(の)みたいですね。

⑥ 谷口先生(たにぐちせんせい)は　歌(うた)が　下手(へた)です。

⑦ わたしは　安(やす)いジーンズが　買(か)いたいです。

6. 翻譯練習

① 想要使用電子字典。

② 現在最想要什麼呢？

③ 美和(みわ)さんは　音楽(おんがく)が　あまり　好(す)きじゃ　ありません。

④ 今晩(こんばん)　映画(えいが)が　見(み)たいです。

⑤ どんな　スポーツが　好(す)きですか。

第十二課(だいじゅうにか)　日本語(にほんご)は　英語(えいご)より　易(やさ)しいです。

1. 聽寫練習

① 電車(でんしゃ)は　バスより　便利(べんり)です。

② 船便(ふなびん)は　航空便(こうくうびん)より　安(やす)いですが、航空便(こうくうびん)は　船便(ふなびん)より　ずっと　速(はや)いですよ。

③ 彼女(かのじょ)は　あなたより　背(せ)が　高(たか)いですか。

④ ぶどうと　りんごと　どちらが　好(す)きですか。

⑤ スポーツの中(なか)で　何(なに)が　一番(いちばん)　おもしろいですか。

2. 造句

① デジカメは　パソコンより　安いです。

② 阿部さんは　美和さんより　背が　高いです。

③ 中国は　アメリカより　人口が　多いです。

④ 先輩は　美和さんより　テニスが　上手です。

3. 完成下列答句

① オンラインゲームのほうが　おもしろいです。

② 美和さんのほうが　上手です。

③ どちらも　いいです。

④ 野球が　一番　好きです。

⑤ 阿部さんの点数が　一番　高いです。

4. 填充

① は、より　② で、が　③ と、と、が、の、が、も　④ は、より、が

⑤ どちら、が　⑥ で、何　⑦ で、どこ

5. 改錯

① クラスの中で　誰が　一番　親切ですか。

② 昨日と　おとといと　どちらが　暇でしたか。

③ わたしのほうが　背が　高いです。

④ 携帯は　市内電話より　料金が　高いです。

⑤ 勉強の中で　何が　一番　難しいですか。

6. 翻譯練習

① 動物中兔子最可愛。

② 中國的歷史比較悠久嗎？

③ サークルで　誰が　一番　親切ですか。

④ 一週間で　何曜日が　一番　忙しいですか。

第十三課　龍山寺は　台北に　あります。

1. 聽寫練習

① デパートは　駅の近くに　ありますか。

② わたしは　今　友達と　食堂に　います。

③ 図書館に　日本語の本と　雑誌が　たくさん　あります。

④ 冷蔵庫の中に　ジュースや　牛乳などが　あります。

⑤ 教室に　日本人の学生が　二人　います。

2. 選擇

① あります

② います

③ います

④ あります

⑤ ありません

3. 完成句子

① 林先生は　研究室に　います。

② 陽明山は　台北に　あります。

③ 猫は　机の下に　います。

④ 郵便局は　駅の隣に　あります。

4. 完成下列答句

① 日本に　友達が　います。

② 庭に　大きい自動車が　あります。

③ かばんの中に　財布が　あります。

④ 先輩の隣に　美和さんが　います。

⑤ 部屋の中に　誰も　いません。

5. 數量詞填充

物品 / 對象	1	3	6	7	8
人（ひと）	ひとり	さんにん	ろくにん	しちにん	はちにん
切符（きっぷ）	いちまい	さんまい	ろくまい	ななまい / しちまい	はちまい
蜜柑（みかん）	ひとつ	みっつ	むっつ	ななつ	やっつ
牛乳（ぎゅうにゅう）	いっぽん	さんぼん	ろっぽん	ななほん / しちほん	はっぽん
本（ほん）	いっさつ	さんさつ	ろくさつ	ななさつ	はっさつ

6. 填充

① どこ　② 何（なに）　③ と、の　④ の、が　⑤ 何（なに）、も　⑥ や、が　⑦ の、が、の

⑧ を、を

7. 讀讀看、寫寫看

（略）

第十四課（だいじゅうよんか）　わたしは　阿部（あべ）さんに　和菓子（わがし）を　もらいました。

1. 聽寫練習

① わたしは　彼女（かのじょ）に　クリスマスのプレゼントを　あげました。

② 昨日（きのう）　わたしは　先輩（せんぱい）に　英語（えいご）の辞書（じしょ）を　借（か）りました。

③ 毎週（まいしゅう）の火曜日（かようび）　美和（みわ）さんは　姉（あね）に　日本料理（にほんりょうり）を　教（おし）えます。

④ 隣（となり）の人（ひと）は　わたしに　おいしいケーキを　くれました。

⑤ 二十歳（はたち）の誕生日（たんじょうび）に　何（なに）を　もらいましたか。

2.文法練習

① ×、くれます→あげます　② ×、教（おし）えます → 習（なら）います　③ ○

④ ×、借ります → 貸します　⑤ ○

3. 選擇填充

① g. くれます　② f. 借り　③ d. 習います　④ c. 教えます

⑤ b. もらいませんでした　⑥ e. 貸しました

4. 完成下列答句

① 美和さんは　友達に　手作りのネックレスを　あげます。

② 阿部さんは　美和さんに　ピアノを　教えました。

③ わたしは　誕生日に　父から　何も　もらいませんでした。

④ わたしは　兄に　お金を　貸します。

⑤ わたしの国で　子供は　お正月に　お年玉を　もらいます。

5. 填充

① に　② に　③ は、に　④ に、何　⑤ の、が / を

6. 翻譯練習

① 昨天因為下雨，所以向學長的女朋友借傘。

② 上星期美和同學給了我好吃的日式點心。

③ わたしは　日本人の先生に　生け花を　習います。

④ 母の日に　母は　香水や　ネックレスなど　いろいろな物を　もらいました。

第十五課　テレビを　見ながら、ご飯を　食べます。

1. 聽寫練習

① 兄は　いつも　テレビを　見ながら、ご飯を　食べます。

② 夏休み　一緒に　日本へ　旅行に　行きませんか。

③ 大声で　歌を　歌いましょう。

④ もう　飛行機の席を　予約しましたか。

⑤ 明日　駅で　会いましょう。

2. 造句

① 先輩は　歌いながら、運転します。

② 母は　ニュースを　聞きながら、料理を　します

③ わたしは　テレビを　見ながら、宿題を　します。

④ 美和さんは　張さんと　話しながら、ビールを　飲みます。

⑤ 阿部さんは　彼女の事を　考えながら、メールを　書きます。

3. 完成下列答句-1

① ええ、食べましょう。

② すみません、美和さんと　約束が　ありますから。

③ ええ、遊びに　行きましょう。

④ すみません、今日は　残業しますから。

4. 完成下列答句-2

① ええ、もう出張に　行きました。

② ええ、もう借りました。

③ いいえ、まだです。これから　洗いに　行きます。

④ ええ、そろそろ　帰りましょう。

5. 改錯

① あの人は　アイスクリームを　食べながら　歩きます。

② もう　デパートで　誕生日のプレゼントを　買いましたか。

③ いいえ、まだです。これから　出します。

④ もう　時間が　ありませんから、急ぎましょう。

⑤ 一緒に　日本へ　行きませんか。

6. 翻譯練習

① 兄は　いつも　ビールを　飲みながら、車の雑誌を　読みます。

② 谷口先生は　もう　学校の食堂で　食事を　しました。

③ もう　遅いですから、そろそろ　寮へ　帰りましょう。

第十六課　美和さんは　先生と　話して　います。

1. 聽寫練習

① 阿部さんは　クラスメートと　中国語の会話を　練習して　います。

② わたしは　夏休みに　本屋で　アルバイトを　して　います。

③ そのカメラの雑誌を　ちょっと　借りても　いいですか。

④ すみません。ここに　車を　止めては　いけません。

⑤ 先輩は　眼鏡を　かけて　います。

2. 完成表格

動詞ます形	動詞類別	動詞て形
聞きます	I	聞いて
残業します	III	残業して
話します	I	話して
入ります	I	入って
行きます	I	行って
読みます	I	読んで
着ます	II	着て
勤めます	II	勤めて
知ります	I	知って

3. 完成下列答句-1

① 谷口先生は　学生と　話して　います。

② 母は　料理を　して　います。

③ 張さんは　部屋で　テレビを　見て　います。

④ 家族(かぞく)は　高雄(たかお)に　住(す)んで　います。

⑤ 父(ちち)は　塾(じゅく)で　数学(すうがく)を　教(おし)えて　います。

⑥ いいえ、知(し)りません。

4. 完成下列答句-2

① いいえ、鉛筆(えんぴつ)で　書(か)いては　いけません。

② ええ、いいですよ。どうぞ。

③ ええ、いいですよ。どうぞ。

④ いいえ、買(か)っては　いけません。

⑤ ええ、いいですよ。

5. 填充

① に、を　② に　③ で　④ で　⑤ どこ、に　⑥ 何(なに)

6. 翻譯練習

① 父(ちち)は　大学(だいがく)で　英語(えいご)を　教(おし)えています。

② 先輩(せんぱい)は　彼女(かのじょ)と　一緒(いっしょ)に　晩(ばん)ご飯(はん)を　食(た)べて　います。

③ 車(くるま)を　運転(うんてん)しながら、携帯(けいたい)を　使(つか)っても　いいですか。

④ 美術館(びじゅつかん)で　写真(しゃしん)を　撮(と)っては　いけません。

第十七課(だいじゅうななか)　晩(ばん)ご飯(はん)を　食(た)べてから、テレビを　見(み)ます。

1. 聽寫練習

① レストランの駐車場(ちゅうしゃじょう)に　車(くるま)を　止(と)めて　ください。

② あなたは　いつも　家(うち)へ　帰(かえ)ってから、晩(ばん)ご飯(はん)を　食(た)べますか。

③ 昨日(きのう)　講義(こうぎ)を　聞(き)いて、図書館(としょかん)で　勉強(べんきょう)を　して、クラスメートと　一緒(いっしょ)に食事(しょくじ)しました。

④ わたしの新(あたら)しい携帯(けいたい)は　小(ちい)さくて、軽(かる)いです。

⑤ 阿部さんは　日本からの交換留学生で、わたしの先輩です。

2. 選擇填充

① c.教えて　ください　② e.貸して　ください　③ d.言って　ください

④ g.消して　ください　⑤ a.入って　ください　⑥ h.来て　ください

3. 完成下列答句

① はい、一つ　持って　ください。

② やさしくて、きれいな人です。

③ プレゼントを　買って、家へ　帰ります。

④ すこし　休んで、お風呂に　入ります。

⑤ ここから　電車に　乗って、台北駅で　MRT に　乗り換えて、木柵動物園駅で　降ります。

4. 填充

① に　② どう　③ を　④ に、で、に　⑤ に、を　⑥ に

5. 改錯

① 谷口先生は　日本人で、元気大学の先生です。

② 台北は　便利で、にぎやかな町です。

③ 先輩は　背が　高くて、やさしくて、真面目な人です。

④ 靴を　脱いでから、部屋に　入ります。

⑤ 昨日　友達の家へ　遊びに　行って、一緒に　食事を　して、それから　映画を　見ました。

6. 翻譯練習

① 美和同學的父親是既英俊又體貼、而且開朗的人。

② 每天早上在便利商店買麵包，然後搭公車去學校。

③ 張文恵さんは　台湾人で、元気大学の学生です。

④ わたしは　お風呂に　入って、新聞を　読んで、十一時まで　勉強します。

第十八課　日曜日　掃除したり、映画を　見たり　します。

1. 聽寫練習

① テレビで　相撲を　見たことが　ありますか。

② 昨日　先輩の家で　飲んだり、話したり、歌ったり　しました。

③ よく　両親と　相談した後で、返事して　ください。

④ 早く　彼女に　言ったほうが　いいです。

⑤『鶴の恩返し』の話を　聞いたことが　あります。

2. 完成表格

動詞ます形	動詞類別	動詞た形
登ります	I	登った
受けます	II	受けた
行きます	I	行った
講義します	III	講義した
座ります	I	座った
来ます	III	来た
着ます	II	着た
遊びます	I	遊んだ
置きます	I	置いた

3. 回答問題

① 洗濯したり、買い物したり　しました。

② ええ、飲みに　行きましょう。

③ いいえ、お酒を　飲んだ後で、運転しては　いけません。

④ 病院へ　行ったほうが　いいですよ。

4. 填充

① に　② で、が、で　③ に　④ いつ、と　⑤ に　⑥ に、が　⑦ の

5. 改錯

① 日本へ　勉強に　行ったことが　あります。

② 昨日　友達と　飲んだり、話したり　して　楽しかったです。

③ 家へ　帰った後（で）、何を　しますか。

④ 速く　家族に　知らせたほうが　いいですよ。

⑤ わたしは　日本語を　勉強したことが　ありません。

6. 翻譯練習

① 昨天的宴會上與大家一起唱歌啦、喝酒啦等等。

② 最好每天早上要吃早餐。

③ あなたは　忘年会で　歌ったことが　ありますか。

④ 母は　いつも　家で　テレビを　見たり、音楽を　聞いたり、料理を　したり　します。

第十九課　学生は　勉強しなければ　なりません。

1. 聽寫練習

① 映画は　七時ですから、遅れないで　ください。

② 薬を　飲んで、ゆっくり　休まなければ　なりません。

③ 阿部さんに　連絡しなくても　いいですか。

④ 一人で　外へ　行かないほうが　いいです。

⑤ 国民は　四月三十日までに　税金を　納めなければ　なりません。

2. 完成表格

動詞ます形	動詞類別	動詞ない形
手伝います	Ⅰ	手伝わない
徹夜します	Ⅲ	徹夜しない
遊びます	Ⅰ	遊ばない
守ります	Ⅰ	守らない
覚えます	Ⅱ	覚えない
降ります	Ⅱ	降りない
来ます	Ⅲ	来ない

3. 造句-1

① 教室で　騒がないで　ください。

② 図書館で　大声で　話さないで　ください。

③ 美術館の中で　写真を　撮らないで　ください。

④ ここに　荷物を　置かないで　ください。

⑤ お風呂に　入らないで　ください。

4. 造句-2

① 風邪ですね、薬を　飲まなければ　なりません。

② お金が　ありませんから、アルバイトしなければ　なりません。

③ 今　家を　出なければ　なりません。

④ 来週の金曜日までに　お金を　返さなければ　なりません。

⑤ 食事を　してから、歯を　磨かなければ　なりません。

5. 完成下列答句

① はい、書かなければ　なりません。

② いいえ、すぐ　出さなくても　いいです。

③ はい、毎月　高雄へ　出張に　行かなければ　なりません。

④ いいえ、先輩に　言わなくても　いいです。

⑤ はい、連絡しなければ　なりません。

6. 翻譯練習

① 請別忘記護照喲。

② 最好別到危險的地方旅行。

③ 可以不每星期打電話給家人嗎？

④ 夜(よる)　遅(おそ)くまで　外(そと)に　いないほうが　いいです。

⑤ わたしは　十二時(じゅうにじ)までに　寮(りょう)へ　帰(かえ)らなければ　なりません。

第二十課(だいにじゅっか)　趣味(しゅみ)は　ギターを　弾(ひ)くことです。

1. 聽寫練習

① 彼女(かのじょ)の趣味(しゅみ)は　編(あ)み物(もの)を　することです。

② 父(ちち)は　寝(ね)る前(まえ)（に）　冷(つめ)たいビールを　一本(いっぽん)　飲(の)みました。

③ あなたは　日本語(にほんご)の新聞(しんぶん)を　読(よ)むことが　できますか。

④ 谷口先生(たにぐちせんせい)は　日本語(にほんご)や　中国語(ちゅうごくご)などが　できます。

⑤ 勉強中(べんきょうちゅう)、ネットを　するな。

2. 完成表格

動詞ます形	動詞類別	動詞辞書形
弾(ひ)きます	Ⅰ	弾(ひ)く
運転(うんてん)します	Ⅲ	運転(うんてん)する
歌(うた)います	Ⅰ	歌(うた)う
来(き)ます	Ⅲ	来(く)る
泳(およ)ぎます	Ⅰ	泳(およ)ぐ
浴(あ)びます	Ⅱ	浴(あ)びる
借(か)ります	Ⅱ	借(か)りる
乗(の)ります	Ⅰ	乗(の)る
遊(あそ)びます	Ⅰ	遊(あそ)ぶ

3. 完成下列答句

① 谷口先生の趣味は　写真を　撮ることです。

② 張さんの趣味は　ヨガを　することです。

③ 母の趣味は　料理を　することです。

④ わたしの趣味は　ネットを　することです。

⑤ 美和さんの趣味は　絵本を　読むことです。

4. 改寫句子-1

① 友達の家へ　遊びに　行く前（に）、電話を　かけます。

② 寝る前（に）、お風呂に　入ります。

③ 日本へ　行く前（に）、日本語を　勉強します。

④ 薬を　飲む前（に）、何か　食べて　ください。

⑤ 部屋を　出る前（に）、電気を　消します。

5. 改寫句子-2

① 危ないから、あそこへ　行くな。

② ここに　ごみを　捨てるな。

③ テレビを　見ながら、ご飯を　食べるな。

④ 体に　悪いから、お酒を　たくさん　飲むな。

⑤ 会議中　携帯電話を　使うな。

6. 造句

① 張さんは　日本語の漢字を　読むことが　できます。

② 妹は　ピアノを　弾くことが　できます。

③ コンビニで　駐車料金を　払うことが　できます。

④ 日本語で　ホテルの予約を　することが　できます。

⑤ 妹は　一人で　電車に　乗ることが　できます。

重點提示、會話中文翻譯

第十一課　我想要電子辭典。

學習重點

1. 我想要電子辭典。
2. 暑假想去旅行。
3. 美和同學喜歡台灣料理。
4. 張同學的日文很棒。

會話本文

想去阿里山。

美和：每天學習，很辛苦吧。
張　：對啊。這次休假，想要做什麼啊？
美和：想去旅行。想去阿里山。
張　：美和同學喜歡山嗎？
美和：對啊，非常喜歡。
　　　因為阿里山很漂亮。而且，很有名。
　　　我想在阿里山畫畫。
張　：美和同學很會畫畫嗎？
美和：沒有，不太⋯⋯。

第十二課　日文比英文簡單。

學習重點

1. 日文比英文簡單。
2. 日文的發音比中文難。
3. 英文和日文，哪一個比較難呢？
4. 水果之中最喜歡葡萄。

會話本文

學習之中，什麼最難呢？

美和：上星期的考試如何呢？

王　：雖然不太好，不過日文的分數還不錯。
　　　比賴同學的分數高。

美和：這樣啊。學習之中，什麼最難呢？

王　：是英文。比日文難得多。美和同學呢？

美和：這個嘛。中文最難吧。
　　　因為發音很難。

王　：那麼，英文和中文，哪個比較難？

美和：哪一個都很難。

第十三課　龍山寺在台北。

學習重點

1. 龍山寺在台北。
   老師在教室。
2. 台北有龍山寺。
   教室有老師。
3. 房間有電視和個人電腦（等）。
   書店有王同學和高野同學（等）。
4. 庭院有五隻狗。

會話本文

買了一台電視。

美和：上個星期買了一台電視。

張　：咦？到現在為止，房間沒有電視嗎？

美和：對啊。

王　：那麼，房間裡有什麼？

美和：雖然不是很大的房間，但有各式各樣的東西喔。
　　　有冰箱和個人電腦和書架等。

張　：有很多耶。王同學的房間也有個人電腦嗎？
王　：沒有。但是姊姊的房間有。
張　：下次想去美和同學的家玩。
美和：好啊，歡迎。

第十四課　我從阿部同學那收到日式點心。

學習重點

1. 我給阿部同學CD。
   我從阿部同學那裡收到日式點心。
2. 美和同學借傘給學長了。
   學長向美和同學借了傘。
3. 我教美和同學台語。
   美和同學向張同學學台語。
4. 母親給我零用錢。

會話本文

生日禮物。

美和：那件，是新洋裝吧。什麼時候買的啊？
張　：不是，是生日禮物。從母親那得到的。
美和：真好呢。
張　：生日的時候收到了蛋糕和錢包等，各式各樣的東西。
　　　美和同學生日的時候收到了什麼呢？
美和：我二十歲生日的時候從母親那得到了和服。
張　：好想看。是什麼樣的和服呢？
美和：雖然樸素，不過是很好的和服喔。

第十五課　一邊看電視，一邊吃飯。

學習重點

1. 一邊看電視，一邊吃飯。
2. 星期天一起看電影嗎？
3. 快點回去吧！
4. 已經買了演唱會的票。

會話本文

一起去嗎？

王　：這個星期日要不要去動物園玩呢？

張　：好啊，太好了！要去哪裡的動物園呢？

王　：去「壽山動物園」吧！

張　：啊，那邊很有趣喔！去年去過了。

美和：「壽山動物園」在哪裡啊？

王　：在高雄。美和同學要不要也一起去呢？

美和：雖然很想去，不過星期天已經有約了。

王　：那麼，決定星期六吧！

美和：咦？可以嗎？

王　：可以啊。

張　：那麼，要幾點、在哪邊會面呢？

王　：星期六早上的八點在車站碰面吧！

第十六課　美和同學正在和老師說話。

學習重點

1. 美和同學正在和老師說話。
2. 學長住在台北。
3. 可以稍微休息一下嗎？
4. 考試中不可使用字典。

會話本文

你家有幾個人？

張　：美和同學你家有幾個人？

美和：四個人。

張　：家人是做什麼的？

美和：家父在電腦公司工作。家母在家工作。家兄在郵局上班。

張　：這樣啊。家人都住在東京嗎？

美和：不是，是大阪。這是家人的照片。

張　：咦？總是隨身攜帶嗎？可以讓我看一下嗎？

美和：好啊，請。

第十七課　吃完晚餐之後，看電視。

學習重點

1. 請告訴我電子郵件帳號。
2. 吃完晚餐之後，看電視。
3. 早上起床、刷牙、洗臉、去學校。
4. 大學的學習既有趣又快樂。
   前輩的女朋友是既漂亮又親切的人。
   我姓張，是大學生。

會話本文

學中文很難。

王　：美和同學是來了台灣之後，才學中文的嗎？

美和：不是，在日本學了半年。

張　：學中文很難嗎？

美和：對啊，很難。

　　　漢字很多，寫法困難，比起日文還辛苦。

王　：台灣的生活如何呢？

美和：台灣人很親切，食物也很好吃，我喜歡台灣。
　　　我也想學台語。
張　：那麼我教妳吧？
美和：真的嗎？謝謝。

第十八課　星期日掃掃地、看看電影。

學習重點

1. 我沒有去過日本。
2. 星期日掃掃地、看看電影。
3. 看完電視之後，沖澡。
4. 詢問老師比較好。

會話本文

卡拉OK派對很熱鬧。

阿部　：昨天的派對真是很快樂啊！
張　　：咦？什麼派對呢？
王　　：卡拉OK派對。吃吃喝喝、還唱歌，非常熱鬧。
張　　：這樣啊。我並不知道。
　　　　在哪裡舉行派對呢？
美和　：車站附近的餐廳。
張　　：啊，那裡啊。我也有去過。很棒的店耶！
阿部　：對啊，不過台灣的歌很難……。
王　　：我來教你好嗎？
阿部　：好啊，可以嗎？那麼，就拜託你。
美和　：請也教教我。
張　　：那麼，星期日再去一次吧！
王、阿部：好，去吧！
美和

第十九課　學生不讀書不行。

學習重點

1. 請不要擔心。
2. 學生不讀書不行。
3. 不買字典也可以。
4. 不要吃宵夜比較好。

會話本文

不考多益不行。

阿部：元氣大學的學生不考多益不行嗎？

王　：是的，沒錯。在四年級之前，不考不行。

阿部：日本語能力測驗如何呢？

張　：主修日本語的學生不考不行，不過我們不考也可以。

阿部：這樣子啊。

王　：可是，張同學想在日本公司工作吧。

　　　考日本語能力測驗比較好喔。

張　：就是說啊。現在正唸書中。

　　　考試是十二月。

阿部：請加油。

第二十課　興趣是彈吉他。

學習重點

1. 興趣是踢足球。
   興趣是足球。
2. 搭公車之前，付錢。
   吃飯之前，洗手。
3. 能夠用日文打電話。
   會日文。
4. 不准翹課。

會話本文

會中文嗎？

張　：美和同學來台灣，已經一年半了吧。

美和：對啊，真是快啊。

張　：已經會中文了嗎？

美和：是啊，大致上會了。可是，寫還不是很厲害。

張　：我也學了約一年半的日文，不過還不能用日文和日本人交談。

美和：咦？現在正用著日文啊。

張　：啊，對喔。

美和：張同學的日文很厲害喔。

張　：沒有，還不行啦。

單字索引

あ行

か行

さ行

た行

な行

は行

ま行

や行

ら行

わ行

執筆協力

作者

余秋菊 日本京都同志社大學文學研究所文學碩士。
現任中央大學、元智大學、中原大學日語兼任講師。

張恆如 日本國立東京學藝大學教育研究所國語科教育碩士。
現任元智大學、銘傳大學、中央大學日語兼任講師。

張暖彗 日本上智大學文學研究所碩士畢業。
曾任台南科技大學、致理科技大學、警察專科學校日語兼任講師，
現任元智大學及中原大學應用外語系日語兼任講師。

顧問

陳宗元 日本國立九州大學文學院博士課程修了。
現任元智大學、輔仁大學、平鎮市民大學日語兼任講師。

總策劃

元氣日語編輯小組

王愿琦 日本國立九州大學比較社會文化學府國際社會文化專攻碩士，博士課程學分修了。
曾任元智大學、世新大學、臺北科技大學日語兼任講師。

こんどうともこ 日本杏林大學外文系畢業，日本國立國語研究所修了。曾任日本NHK電視台劇本編寫及校對，臺北市文化局文化快遞顧問，於輔仁大學、青輔會、板橋高中、慈濟大學等機關教授日語。

國家圖書館出版品預行編目資料

大學生日本語進階　全新修訂版 / 余秋菊、張恆如、張暖彗著
--修訂初版-- 臺北市：瑞蘭國際, 2016.05
232面；19 x 26公分 --（日語學習系列；27）
ISBN：978-986-5639-68-6（平裝）
1.日語 2.讀本

803.18　　105007450

作者｜余秋菊、張恆如、張暖彗・顧問｜陳宗元・總策劃｜元氣日語編輯小組
責任編輯｜王愿琦、葉仲芸、紀珊

日語錄音｜野崎孝男、杉本好美・錄音室｜不凡數位錄音室
封面設計｜劉麗雪・版型設計、內文排版｜張芝瑜・美術插畫｜Ruei Yang

瑞蘭國際出版
董事長｜張暖彗・社長兼總編輯｜王愿琦
編輯部
副總編輯｜葉仲芸・副主編｜潘治婷・副主編｜鄧元婷
設計部主任｜陳如琪
業務部
副理｜楊米琪・組長｜林湲洵・組長｜張毓庭

出版社｜瑞蘭國際有限公司・地址｜台北市大安區安和路一段104號7樓之一
電話｜(02)2700-4625・傳真｜(02)2700-4622・訂購專線｜(02)2700-4625
劃撥帳號｜19914152 瑞蘭國際有限公司
瑞蘭國際網路書城｜www.genki-japan.com.tw

法律顧問｜海灣國際法律事務所　呂錦峯律師

總經銷｜聯合發行股份有限公司・電話｜(02)2917-8022、2917-8042
傳真｜(02)2915-6275、2915-7212・印刷｜科億印刷股份有限公司
出版日期｜2016年05月初版1刷・定價｜350元・ISBN｜978-986-5639-68-6
2021年10月二版1刷

瑞蘭國際